光文社文庫

長編時代小説

迷い鳥

研ぎ師人情始末㈥

決定版

稲葉　稔

JN020688

光　文　社

※本書は、二〇〇七年十二月に光文社文庫より刊行した作品を、文字を大きくしたうえでさらに著者が加筆修正したものです。

目次

尾張殿
早稲田村
江戸川
音羽
護国寺
至板橋宿
江戸川橋
大塚
巣鴨
赤城明神
石切橋
御納戸町
神楽坂
若宮八幡宮
切支丹坂
御薬園
中山道
日光御成街道
小日向馬場
牛込御門
番町
傳通院
小石川
白山
神明宮
駒込
田安御門
清水御門
小石川御門
水戸徳川家
春日町
水道橋
千駄木
神田川
本郷
道灌山
根津権現
日暮里
霊雲寺
福成寺
池之端仲町
池之端七間町
根津門前町
根津宮永町
神田明神
不忍池
湯島天神
湯島切通町
昌平橋
鍛冶町
明神下
弁天
仁王門前町
上野元黒門町
寛永寺
東叡山
根岸
谷中
筋違御門
下谷広小路
外神田
内神田
和泉橋
佐久間河岸
神田佐久間町
下谷金杉町
御徒町
下谷山崎町
豊島町
新シ橋
柳原土手
左衛門河岸
平右衛門町
向柳原
三味線堀
広徳寺
下谷竜泉寺町
幡随院
通塩町
横山町
同朋町
両国広小路
茅町
猿屋町
甚内橋
元鳥越町
米沢町
浅草橋
阿部川町
新吉原
両国橋
柳橋
新堀川
日本堤
御蔵前片町代地
東本願寺
日光道中
尾上町
駒留橋
大川
旅籠町
御米蔵
首尾の松
御蔵前
浅草寺
小塚原
回向院
一ツ目之橋
御蔵前通り
浅草広小路
奥山
浅草
山谷町
亀沢町
御竹蔵
御厩河岸之渡し
駒形町
雷門
浅草観音
新鳥越橋
山谷堀
揚場
二ツ目之橋
浅草
駒形堂
花川戸町
今戸橋
今戸町
白鬚之渡し
緑町
南割下水
竹町
中之郷
竹町之渡し
吾妻橋
源森橋
三囲稲荷
向島墨堤
木母寺
本所
瓦町
中之郷
源森川
小梅村
長命寺
竪川
北割下水
三ツ目之橋
中之郷八軒町
寺島村
辻橋
大横川
法恩寺橋
業平橋
亀戸村
小梅村
押上村
十間川
天神橋
柳島村
亀戸天神

渋谷川
天現寺
麻布新町
善福寺
四ノ橋
古川町
仙台坂
新網町
飯倉片町
今井谷
六本木
氷川明神
赤坂
市兵衛町
伝馬町
元赤坂町
平河町
四谷御門
赤坂御門
麹町
溜池
千鳥ヶ淵
三ノ橋
二ノ橋
一ノ橋
中之橋
赤羽橋
芝車町
三田町
至品川宿
増上寺
虎之御門
新シ橋
西之御丸
半蔵御門
外桜田御門
和田倉御門
江戸城
雉子橋御門
一橋御門
幸橋
土橋
金杉橋
芝
南町奉行所
北町奉行所
数寄屋橋御門
呉服橋御門
常盤橋御門
神田橋御門
汐留橋
三十間堀
銀座町
金杉川
濱御殿
木挽町
西本願寺
数寄屋町
京橋
一石橋
本石町
本材木町
日本橋
室町
大伝馬町
白魚橋
楓川
魚河岸
江戸橋
荒布橋
中之橋
八丁堀
弾正橋
組屋敷
八丁堀
海賊橋
日本橋川
小網町
照降町
葺屋町
新材木町
新和泉町
住吉町
亀島橋
霊岸橋
中之橋
稲荷橋
亀島川
竈河岸
高砂町
難波町
一ノ橋
新川
箱崎橋
高橋
鉄炮洲
北新堀町
箱崎町
有徳河岸
浜町堀
高砂橋
佃島
霊岸島
二ノ橋
霊岸島銀町
船番所
永久橋
箱崎川
石川島
大川端
熊井町
永代橋
万年橋
新大橋
佐賀町
今川町
上之橋
大島町
黒江町
緑橋
油堀
万年町
海辺大工町
六間堀
材木町
富岡橋
仙台堀
海辺橋
弥勒寺橋
高橋
永代寺
越中島
蓬莱橋
富岡八幡宮
深川元町
北森下町
三十三間堂
亀久橋
霊巌寺
雲光院
小名木川
深川
洲崎
新高橋
扇橋
猿江橋
御材木蔵
猿江町
江戸湊
西
北
東
0
1km

「迷い鳥　研ぎ師人情始末（六）」　おもな登場人物

荒金菊之助……………日本橋高砂町の源助店に住む研ぎ師。父親は八王子千人同心だった。

横山秀蔵……………南町奉行所臨時廻り同心。菊之助の従兄弟。

志津……………菊之助の妻。小唄の師匠。

次郎……………本所尾上町の回向院前にある備前屋の次男。菊之助と同じ長屋に住み、たまに秀蔵の手先をしている。

寛二郎……………横山秀蔵の小者。

五郎七……………横山秀蔵の手先。

庄七……………菊之助と同じ高砂町の源助店に最近越してきた老人。

お米……………庄七の女房。

庄吉……………庄七とお米の息子。

市右衛門……………横山同朋町にある口入屋「宿市」の主。庄吉を雇っている。

立松左五郎……………寄合肝煎・本多金次郎家中の武士。

滝口順之助……………、寄合肝煎・本多金次郎家中の武士。

迷い鳥——〈研ぎ師人情始末〉㈥

第一章　老夫婦

一

木枯らしが吹きはじめている。

　道行くものは肩をすぼめ、背中を丸めて歩く。天水桶《てんすいおけ》の上に几帳面《きちようめん》に積み重ねられた手桶が崩れ、暖簾《のれん》がめくれ上がり、幟《のぼり》がぱたぱたと音を立てていた。

　箒売《ほうき》りの次郎《じろう》は、ほっかむりをして歩いていたが、もう嫌気《いやけ》がさしたといわんばかりの顔で、近くの茶店に立ち寄り、いきおい酒を注文した。

「熱いのをくれ。こう寒くっちゃ商売になったもんじゃねえ」

　店のなかは風が入ってこないので、幾分寒さをしのぐことができた。手をこすり合わせ、冷たくなった頰《ほお》をさすった。

そこは日本橋《にほんばし》に近い茶店で、すぐそばに高札場《こうさつば》と晒場《さらしば》がある。

運ばれてきた酒に早速口をつけた。

「ぷはぁ……」

たまらない味。たまらない熱さ。酒は口腔《こうこう》内を火照《ほて》らせ、胃の腑《ふ》に落ちてゆき、じんわりと体を温めてくれる。酒はさほど強くはない。長時間かけて、どうにか三合《ごう》か四合飲める程度だ。しかし、一合も飲めばいい心持ちになる。だからやめられない。

店は五分《ごぶ》の入りである。天気がよければ、この茶店は客が引きも切らない。それも江戸見物に来たお上《のぼ》りさんがほとんどだ。次郎のような行商人はほとんどいない。

「若いのに昼間っから酒ですか。いいご身分ですね」

隣にいたじいさんが声をかけてきた。

次郎は、じろっとひとにらみした。

「酒飲んじゃ悪いですかい」

伝法《でんぽう》にいって、また酒を舐《な》めるように飲んだ。

「悪くはないけど、若いのにもったいない。若いときは汗水たらして働くもんです。そうしないと、後悔しますよ」

「何だよ。説教垂《た》れるんだったら他でしてくれよ」

次郎はぷいと、そっぽを向いてじいさんに背中を見せた。じいさんは、旅のものではないようだ。羽織も安物には見えないし、袴《はかま》も穿《は》いている。かといって侍ではない。どこかの金持ち隠居風である。

晴れるのか晴れないのか、はっきりしない空を眺めていると、またじいさんが声をかけてきた。

「お若いの、その箒を二本ばかりもらおうか。丁度《ちょうど》ほしいと思っていたところでね」

くるっと、次郎は振り返った。じいさんは年の割には艶《つや》のよい肌をしている。にこにこと顔をほころばせ、ふうと、湯呑みを吹いて茶を飲んだ。

「二百文《もん》だ」

「へっ、二百文。……ま、いいでしょう。いただきましょう」

じいさんは財布から金を出して、次郎に渡した。

「ほんとにいいのかい?」

次郎が目を丸くしていうと、じいさんは「あれ?」と、不思議そうに首をかしげた。

「あんた箒売りなんだろう。だったらそんな遠慮する売り方したらだめじゃないか。あたしゃ、ほしいと思ったから買うんだ。それが高いか安いかは別にしてね。さあ、それを」

次郎は二本の草箒をじいさんに渡して礼をいった。

「この辺《へん》の人かい？」

「高砂町《たかさごちょう》のほうです」

じいさんが客になったので、次郎は言葉つきを変えた。現金なものだ。

「年は……まだ若そうだが……」

「二十歳《はたち》です」

「そりゃあ働き盛りだ。もっと精を出すことだね。さあさあ、風も弱くなったようだ」

じいさんはそういって腰をあげ、次郎から買った箒を持って店を出て行った。

次郎はその後ろ姿をじっと見ていた。日本橋をゆっくりした足取りで渡ってゆき、途中で近くにある魚河岸《うおがし》のほうを眺めて歩き去った。

思いがけず仕事になった次郎だが、酒を飲む気が失《う》せた。

もっと精を出せか……。なるほど年寄りのいいそうな科白《せりふ》だ。

独《ひと》りごちると、次郎は店を出た。売り声をあげるでもなく、とぼとぼと歩く。箒売りはつまらない。本当なら本所尾上町《ほんじよおのえちよう》にある実家の手伝いをすれば、それなりの実入りがあるのだが、長男とそりが合わなければ、家業も継げないのだから家を飛び出していた。

家は備前屋《びぜん》という瀬戸物屋だった。回向院《えこういん》前という場所柄、なかなか繁盛している店だ。両親はいつでも帰ってこいというが、次郎はその気にならない。

でもなあ、いつまでもこんな暮らしをしてるわけにはいかないよな、と心中のつぶやきを日本橋川に落とす。川面《かわも》に自分の顔が映っていた。その顔が、通り過ぎた舟の立てる波でゆらゆらと揺れた。揺れ動いている自分の心と同じだった。

くっと、口を引き結んだ次郎は、箒を担ぎ直して歩きだした。足は自然に住まいのある高砂町に向いていた。こんな日は菊《きく》さんに稽古《けいこ》をつけてもらうにかぎる。菊さんはこの頃暇そうだから、きっと頼みを聞いてくれるだろう。次郎は勝手にそう思った。

二

住まいの源助店《げんすけだな》は路地を挟んで両側に四軒、長屋が二棟《ふたむね》ずつ並んでいる。路地の真ん中を走るどぶ板がところどころ剝《は》がれ、一部は踏み割られていた。長屋の腰高障子《こしだかしょうじ》は風が冷たいので、どこも閉まったままだ。木戸口を入ったとき、

「どいてくれ」

と、乱暴に次郎は肩を押され、よろめいて横の板塀《いたべい》に体をぶつけた。

瞬時にかっと頭に血が上り、「おい、待ちやがれ」と声をかけた。男が振り返った。見るからに粋がっており、着流しの胸元を大きく広げている。ふてぶてしく、そして目が鋭かった。次郎は一瞬気後《きおく》れを感じた。

「人を押しのけたりして乱暴じゃねえか」

「そうか、悪いな。ちょいと急いでるからよ」

男はひょいひょいと、どぶ板を飛び越えて、奥の家に行って勝手に戸を引き開け、姿を消した。越してきたばかりの庄七《しょうしち》とお米《よね》という老夫婦の家だ。

「何でえ、あの野郎……」

吐き捨てた次郎は、自分が慕っている荒金菊之助《あらがねきくのすけ》が仕事場にしている家の前に立った。

戸口横に看板があり、「御研ぎ物」と書かれている。その脇には「御槍　薙刀《なぎなた》御腰の物　御免蒙《こうむ》る」と、小さく添え書きされていた。

「菊さん、ちわー。いますか」

声をかけたが返事はなかった。その代わり、さっきの男が訪ねていった庄七の家で怒鳴り声がした。

「いつまでも子供扱いするんじゃねえよ。いいから出せってんだ！」

怒鳴り声のあとで、庄七の弱々しい声がしたが、

「ぐだぐだいうんじゃねえよ。黙って渡しゃいいんだ」

と、さっきの男の声が被《かぶ》さった。

「お願いだから、もういい加減にしておくれよ。そろそろわかってくれないかい」

今度はお米の悲痛な声がした。あちこちの戸が開き、長屋の連中の顔がのぞいた。次郎と顔を見合わせると、首をかしげて庄七の家に目を向けた。

そのとき、庄七の家の戸ががらっと引き開けられ、男が飛び出してきた。一度両手で、襟《えり》を正すと、まわりの目など気にせず、そのまま足早に路地を抜けて行った。

次郎とすれ違ったが、目もくれなかった。次郎は庄七の家を見てから、男を追いかけた。

「おい、待て」

木戸を出たところで男を呼び止めると、

「何だ。さっきの野郎か」

男は不遜《ふそん》な顔で振り返った。

「いったい何の騒ぎだよ。年寄り相手の乱暴なら許さねえぜ」

「ほう、喧嘩《けんか》を売ろうってえのか。上等じゃねえか。むしゃくしゃしてるから、やるならやってやるぜ」

「むしゃくしゃしてるのは、こちとらも同じだ」

やり返すと、男の形相《ぎようそう》が一段と険《けわ》しくなり、近づいてきた。次郎が身構えようとしたその瞬間、拳骨《げんこつ》が飛んできた。避《よ》けようとしたが、間に合わなかった。横っ面《つら》を思い切り殴られ、よろめいた。つぎの瞬間、両襟をつかまれ、顔面に頭突きを食らった。

星が飛び、くらっと眩暈《めまい》がして、鼻のあたりにじんわり生温《なまぬる》いものが広がった。直後ぽたぽたと、鼻血がこぼれた。

「くそっ。舐めンじゃねえぞ！」

怒鳴り返したが、足払いをかけられ、地面に尻餅《しりもち》をついた。男はあきらかに喧嘩慣れしていた。次郎はやられる一方で、早くも戦意を喪失しそうになっていたが、何とか気持ちを奮い立たせようとした。

「どうしたこの唐変木《とうへんぼく》が！　かかってこねえか」

どすっと鳩尾《みぞおち》を蹴られた。次郎は腹を押さえてうずくまった。胃のなかに入っていたものを苦しそうに吐いた。さらに尻を二、三回蹴られ、無様《ぶざま》にも地面に這《は》いつくばってしまった。完全に負けである。

「口ほどにもねえやつだ」

ペッと、男はつばを吐いて歩き去った。

次郎は腹を押さえたまま、恨みがましい目で男を見送るだけだった。これじゃ踏んだり蹴ったりじゃねえか、とぼやいた。痛みのために目尻に涙がにじんでいた。

長屋の連中がやってきて、さかんに次郎のことを心配したが、よろよろと立ちあがると、

「たいしたことないですよ」

強がって、路地に後戻りした。着物の袖で吹きこぼれている鼻血を拭《ふ》き、口のなかに溜《た》まっている血を吐き出した。

片手を板塀につきながら、庄七の家を訪ねた。女房のお米がおろおろした顔で、

「まさか、うちのに……」

と、心配そうにいう。

「うちの……？　てことは、おばさんの倅《せがれ》ってことですか？」

「あいつにやられたんだね」

「いえ、たいしたことないです。それより、何があったんです？」

次郎は鼻血が漏れないように、手拭《てぬぐ》いで鼻を押さえて聞いた。

「次郎さんとおっしゃいましたね」

今度は庄七が気弱そうに目をしょぼつかせて聞いてきた。

「ええ、そうです。さっき、何か怒鳴っていたじゃないですか。乱暴でもされたんじゃないかと思って」

「乱暴されたのは次郎さんのほうです。このとおりです。勘弁してください。あいつにはとくといい聞かせておきますから、どうか今回ばかりは……」

庄七は畳に額《ひたい》をこすりつけて謝った。お米も申し訳ないと、何度も同じことをいって頭を下げた。年寄り夫婦にそんなに謝られると、いいたいこともいえなくなる。

「それで、何もなかったんですね」

「うちのことはご心配なさらずに、それより次郎さんのほうが……」

「おいらのことはいいんです。おばさんたちに何もなきゃいいんですから」

次郎はそういい置いて、自分の家に向かった。

「次郎ちゃん、大丈夫なのかい？」

声をかけてきたのは、長屋で一番噂《うわさ》好きのおつねだった。次郎はたいしたことないよといって、笑ってみせたが、それは半分泣き顔にも見えた。

三

荒金菊之助が長屋に戻ってきたのは、日の暮れかかったころだった。昼間は風が強く、雲が多かったが、夕刻になって空がすっきり晴れた。それでもこの時期の太陽はあわてん坊のように、傾いたかと思うと、さっさと沈んでしまう。

長屋に入ったときは、もうあたりは薄暗かった。研ぎ終えた包丁を贔屓《ひいき》先に届けに行き、代わりに新しい注文をもらっての帰りだった。このところ、仕事に精を出しているので、研ぎ物がたまることはない。

仕事場に入ると、蒲《がま》の敷物にどっかり腰をおろして、火鉢に火を入れた。かつては寝起きも兼ねている家だったが、お志津《しづ》と一緒になってからは完全な仕事場になっている。

幾種類もの砥石《といし》が並べられ、半挿《はんぞう》や水盥《みずだらい》などが置かれている。注文の包丁は几帳面に晒《さらし》で巻かれており、それを砥石の横に置き直した。

「やれやれ……」

肩をトントンと叩いて、火鉢に鉄瓶を置いた。

寒さは厳しくなっているが、まだ真冬というほどではない。菊之助は湯が沸くまで、集金の金を勘定して、台帳に書き付けていった。以前は、こんな細かいことはしなかったが、お志津がそうしたほうがいいというので、素直に従っている。

女房には滅多《めった》に逆らえない菊之助である。

金勘定を終えたとき、戸口で声がした。次郎とわかる。

「開いてるから入れ」

すぐに戸が開いて、次郎の顔がのぞいたが、菊之助は眉宇《びう》をひそめた。鼻の脇が青黒くなっており、左頬も腫《は》れている。鼻血の痕《あと》もあった。

「何だ、その顔は？　喧嘩でもやらかしたか」

「そういうことじゃないんですが……」

「どういうことだ」

「はい」

しょぼくれた顔で次郎は上がり口の縁《へり》に腰をおろして、その日あったことを訥々《とつとつ》と話した。黙って聞いていた菊之助は、湯が沸いたので茶を淹《い》れてやった。

「すると、その相手は庄七さんの倅というのか」

「どうやらそうらしいんですが、ありゃ手に負えない半端者《はんぱもん》でしょう。今度会ったら、いやってほど仕返ししてやります」

「馬鹿なことはよせ」

「これじゃ、やられ損です」

次郎は口をとがらせる。

「まあ、おまえの気持ちもわからなくはないが、あまり事を荒立てぬことだ。しかし、気になる話ではあるな」

菊之助は湯気を吹いて茶を飲んだ。

「おいらの勘ですけど、あの野郎、親に金をせびってるんじゃねえかと思うんです」

「仕事はしてないのか……？」

「さあ、そんなことは聞きませんでしたから」

「そうか……」

菊之助はくすんだ壁を見てから言葉を足した。

「他人がとやかく心配してもはじまらない。どこの家にもひとつや二つの問題はあるもんだ。おまえの家だってそうではないか。現に、おまえは家を飛び出したままだ」

「それをいわないでくださいよ。おいらは真面目《まじめ》にやってんですから」

弱いところをつかれた次郎は小さくなる。

「真面目にねえ……」

菊之助は含み笑いをした。

「ともかく様子を見て、また何か起きたら一度話を聞いてみよう。いちいち他人の家のことに首を突っ込んだら、いやがられるだけだ」

「ま、そうでしょうけど……」

菊之助はどことなく不服そうな次郎の横顔を盗み見た。

「どうした？　気に食わない顔をして」

「そりゃ気に食わないですよ」

菊之助は小さく笑っていなした。

「喧嘩などしてもつまらぬ。恨みを持たないのも男だ。些細《ささい》なことなど気にするな」

「おいらにとっちゃ些細じゃありません」

「そうか、それじゃどうする？　もう一度、庄七さんの倅と勝負でもするというのか」

「あたぼうです」

「そんなことじゃ、また同じようにやられるだけだ」

次郎は頬をふくらまして、菊之助をにらんだ。

「頭を冷やせ。今ごろ、相手もおまえに悪いことをしたと思っているかもしれぬ」

「そんなことあるわけないです」

「さあ、そろそろ帰るか」

菊之助は火鉢の火を落として腰をあげた。それから次郎を見て一言いってやった。

「明日の朝、おれの家に来い。久しぶりに稽古をつけてやる」

とたんに、次郎の顔が輝いた。

「次郎ちゃんが、庄七さんの……」

「カリカリするのはわかるが、そのまま放っておくわけにもいかぬ」

菊之助はお志津の酌《しゃく》を受けて盃《さかずき》を口に運んだ。

「それでどうなさるおつもりです」

「頃合いを見計らって庄七さんを訪ねてみようと思うが、その前に次郎の怒りを静めてやろうと思う」

「……」

お志津は細面《ほそおもて》の顔をかしげる。決して美人ではないが、人を引きつける魅力がある。それは理知的だからだろう。実際、手習いと小唄《こうた》の師匠をやっていた。もっとも菊之助と夫婦《めおと》になってからは、小唄しか教えなくなってはいるが……。

「久しぶりに稽古をつけてやろうと思う。わたしもこのところ仕事で根《こん》を詰めていたから、体がなまっている。丁度いい気晴らしだ」

　菊之助は酒を飲んでからそういった。

「それで、次郎ちゃんの気が収まるかしら……」

「無鉄砲な喧嘩はさせられない」

「それはそうですね。……あの、庄七さんにはわたしのほうからそれとなく事情を聞いておきましょうか」

　菊之助はお志津を眺めた。

「そうしてくれるか。庄七さんより、おかみさんにあたったほうがいいだろう。女同士のほうが話しやすいだろうからな」

「それじゃ、様子を見て、明日にでも……」

「頼んだ」

四

褞袍《どてら》を肩に引っかけ、長煙管《ながギセル》をくわえたまま、庄吉《しょうきち》は賽《さい》の目をじっと見る。

そばには四人の男たちがおり、同じように転がる賽に目を凝《こ》らしていた。四角六面の賽はひと転がり二転がりして、「三」の目を出した。

「なんだ、なんだまた違うじゃねえか」

庄吉がぼやけば、まわりのものもまったくだと舌打ちをする。

これは〝一転《ぴんころ》がし〟という単純な博奕《ばくち》だった。同額の金を張り、順に賽を振って、賽の目の「一」が出れば、賽を振ったものの懐《ふところ》に賭け金が集まる。誰も「一」の目が出ないと、賭け金は据え置かれてたまっていく。今その賭け金は、二分《にぶ》ほどになっていた。

賽を振る順番は左廻りだ。これを襟廻《えりまわ》りと呼び、逆に廻ると懐に手が入るので、「泥棒が入る」といって嫌われる。庄吉がこの遊びを覚えたときからそうだった。

賽を振る順番の廻ってきたものが、賽を手に入れて、念ずるように目をつむり、つかんだ賽を右に左に振って、板の間に置かれた敷物に転がした。

全員、天になる目を見る。三を出した賽はくるっと反転するように転がり、二の面を見せ、もうひと転がりして「一」を出した。

賽を振ったものの目が喜色《きしょく》に輝けば、他のものは驚いたように目を瞠《みは》り、落胆のため息をつく。

「へへっ、ごっつぁんだな」

賽を振ったものが金をかき集める。他のものは、

「持ってけ泥棒」

「気にくわねえ野郎だ」

などと、悪態をつく。

「やめだ、やめだ。今日はついてねえ」

庄吉はそういって立ちあがった。

「なんだ、もうやめるのか？」

新三《しんぞう》という男が庄吉を見あげた。庄吉の顔は部屋に置かれた百目蠟燭《ひゃくめろうそく》の炎を受け、赤く染められていた。

「勝っちゃいねえからいいだろう。勝ち逃げするんじゃねえ、負け逃げだ」

「けっ、おもしろくねえ野郎だ」

「なんとでもほざけ」

庄吉は博奕場《ばくちば》を出ると、潜《くぐ》り戸《ど》から表に出た。風は弱くなっていたが、冷え込みが厳しくなっていた。我知らず、ぶるっと肩を震わせる。

そこは本所《ほんじょ》の御竹蔵に近い桜井九郎衛門《さくらいくろうえもん》という旗本《はたもと》屋敷の中間《ちゅうげん》部屋だった。庄吉は裏木戸から表通りに出た。

そのとき、黒い影が三つ近づいてきた。

「やはりここだったか」

そんな声がして、提灯《ちょうちん》がかざされた。庄吉は一瞬顔をそむけた。

「庄吉だな」

「誰だ」

「誰だではない。付き合ってもらう」

相手には有無《うむ》をいわせぬものがあった。さらに、脇腹に脇差《わきざし》を突きつけられた。

「なんだ、何の用だ」

「いいからついてこい」

「なんの真似《まね》だ。妙なことしやが……うっ」

脇腹に突きつけられた脇差の切っ先が、着物を破り皮膚に触れた。庄吉は脇の下に冷や汗をかいた。黙り込んで歩いたが、自分を取り囲むように歩く三人の男たちは、異様に気色《けしき》ばんでいる。ついて行けば怪我をする程度ではすまないかもしれない。だが、どうしたわけでこうなっているのか、庄吉には不明だった。

「おい。いいから何の用か、それだけでも教えてくれたっていいだろう」

目だけを動かして男たちを見た。提灯を持つものは顔をさらしているが、他の二人は頭巾で顔を隠していた。三人とも両刀を帯びていた。

「おまえは口入屋《くちいれや》の市右衛門《いちえもん》の下で人足《にんそく》の手配りをしているな」

「市右衛門さんがどうかしたのか？」

「市右衛門はどうでもよい。おまえに用があるだけだ」

「滝口《たきぐち》、話はあとだ。余計なことをしゃべるんじゃない」

顔をさらしている男がひとりに窘《たしな》められた。

庄吉は何かよくわからないが、あまりよくないことが起きていると察した。こんなことには昔から勘が働くのだ。このままついていけば、どうなるかわからない。逃げようと決めた。

男たちは南割下水《みなみわりげすい》沿いに東のほうに足を向ける。まっすぐ行けば大横川《おおよこがわ》にぶつかる。

空は暗く、星も月も見えない。どこかで犬の遠吠えがし、武家地を吹き渡る風が笛のような音を立てていた。

「ちょいと待ってくれ、小便をさせてくれねえか。さっきから我慢ならねえんだ」

庄吉は足踏みをして、もうたまらないという素振《そぶ》りをした。

滝口が頭巾の二人を見た。顎《あご》をしゃくってさせてやれと、頭巾のひとりがいったそのとき、庄吉は脇差を突きつけていた滝口の股間を思い切り蹴り上げると、脱兎《だっと》のごとく駆け出した。

「や、待て」

男たちが追ってくる。だが、闇は濃い。右に左に曲がって逃げるうちに、追ってくる足音が聞こえなくなった。

「へへっ、ざまみろってんだ」

どこかの旗本屋敷の塀に隠れて、通りを振り返った。どうやらうまくまいたようだ。

「それにしても、何だってんだ」

口入屋の市右衛門のことが気になったが、ともかく家に帰ることにした。何度も後ろを振り返り、まわりに注意の目を配って、竪川《たてかわ》に架かる二ツ目之橋《ふたつめのはし》を渡り、深川常盤町《ふかがわときわちょう》三丁目に入った。弥勒寺《みろくじ》の近くで、町屋の西側は対馬府中藩《つしまふちゆうはん》の中屋敷となっている。

腰高障子に手をかけて、

「帰ったぜ」

と、声をかけたが、待っているはずのお紋《もん》の声はない。家のなかには明かりがあるから居眠りでもしているのだろうと思い、戸を引き開けた。

「おい、帰ったといって……」

途中で声が詰まった。同時に信じられないように目を剝《む》いた。

お紋が長火鉢の横に、血を流して横たわっていたのだ。しかもその胸には、包丁が突き立てられていた。

「……お紋、いったいどうしたってんだ」

一度つばを吞み込んでから居間にあがり、お紋をのぞき込んだ。お紋はすでに息をしておらず、その目はうつろだった。

五

源助店の奥に小さな原っぱがある。昼間は子供たちの恰好《かっこう》の遊び場になっており、はしゃぎ声が絶えないが、今は朝霧がうっすらと立ち込めている。日が昇りつつあるので、その霧も間もなく晴れるであろう。

菊之助はねじり鉢巻きをしてきた次郎を微笑《ほほえ》ましく迎えた。

「やる気十分だな」

「久しぶりに稽古つけてもらうんですから……」

次郎は嬉《うれ》しそうにぐすっと鼻を鳴らして、手の甲でぬぐった。

二人は蹲踞《そんきょ》の姿勢から立ちあがった。

「まずは撃ち込みからだ。呼吸が大事だということを忘れるな。ゆっくりでいいぞ」

次郎がすり足で近づくなり、右横面、左横面と撃ってくる。菊之助がそれを受けて弾《はじ》く。互いの木刀は三尺三寸（約一メートル）。木刀の撃ち合わさる音が、凜《りん》とした朝の空に広がってゆく。

菊之助は八王子千人同心《はちおうじせんにんどうしん》だった父親から、直心影流《じきしんかげりゅう》を習い、その後、武蔵《むさし》のほうの剣術道場で腕を磨き、指南役《しなん》にもなった男である。いずれ仕官《しかん》するつもりでいたが、郷士《ごうし》の倅に世の中は甘くはなかった。結果、一介《いっかい》の浪人になるしかなく、糊口《ここう》をしのぐために市井《しせい》に身を投じ、研ぎ師になったという経緯《いきさつ》がある。

「えいッ、えいッ、えいッ……」

撃ち込み稽古をつづける次郎は、だんだん様《さま》になってきている。もともと筋がいいし、呑み込みも早かった。

「よし、それまで。今日は八相《はっそう》の構えを教える。これは相手を倒す基本といってもいい。よく見ておけ」

撃ち込み百回を終えた菊之助は、手本を示した。

左足を前に出し体を斜《はす》にして、刀の刃を相手に向け、右脇に構える。柄《つか》を握る両拳《こぶし》は右顎から拳二つ分ほど離す。もちろん十分に腰が据《す》わっていなければならない。

「これは受けにも攻めにも転ずることのできる形だ。撃ち込みは……」

菊之助は右足をすっと繰り出すなり、さっと袈裟懸《けさが》けに木刀を振った。ぶうんと、空気がうなった。その瞬間にはもとの構えに戻っていた。

「撃ち込みは相手の刀を払うときにも使える。いちどきにあれこれ教えても覚えられぬだろうから、まずはこれを体に覚え込ませるのだ。やってみろ」

「はっ」

次郎はこういったときはいつになく真剣である。神妙な顔で返事をすると、八相の構えから木刀を振り切った。腰が据わっていない。ちょんと、菊之助は腰を叩く。

「へっぴり腰では箒の柄《え》も斬れぬぞ。さ、もう一度」

次郎が木刀を振る。腰だと、菊之助は厳しい声で注意する。

同じことを何度もやらせた。次郎の額ににじんでいた汗が粒となり、頬をつたいはじめた。朝日が昇り、いつの間にか霧は消えていた。のどかな雀《すずめ》たちの声が騒がしくなった。

「やめッ」

菊之助は次郎の素振りを止めて、次郎の前に立った。

「今度は今の要領を忘れず、撃ち込んでこい」

いわれた次郎が八相に構えてするすると足を進め、「やー！」と気合いを入れて撃ち込んでくる。菊之助は受けずに、体をひねってかわす。次郎の木刀は空《くう》を切るばかりだ。

「どうした。遠慮はいらぬ。本気で斬るつもりで撃ち込んでこい」

汗だくになっている次郎はがむしゃらだが、菊之助に触れることもできない。右にかわし、左にかわしていくうちに、次郎に焦りが出てくる。

「やーッ！」

次郎が渾身《こんしん》の一撃を送り込んできた。

瞬間、菊之助は、かっと目を光らせ、半身になってかわすなり、次郎の足を素速く払った。虚をつかれた次郎は軸足を払われ、一瞬体を浮かせて尻から地面に落ちた。

「あっ」

次郎はぽかんと口を開けた。

菊之助の木刀の切っ先が、喉元にぴたりとつけられていたからだ。

「力むあまり、相手の動きが見えないからだ。頭に血を上らせたら、そこで勝負は負けと思え」

「……はい」

次郎は肩で荒い息をしながらうなずく。

「落ち着いていれば、相手をかわすこともできるし、撃ち込む隙《すき》を見出《みいだ》すこともできる。わかるか」

「はい」

「これまで教えた撃ち込みを会得《えとく》し、さらに八相を身につけることができれば、それだけでかなり違う。いつまで座っておる。立て」

次郎は慌《あわ》てて立ちあがって、尻の土埃《つちぼこり》を払った。

「次郎、剣術は喧嘩ではない。だが喧嘩に通じるところもある」

「………」

次郎の真剣な顔に朝日があたった。

「自信を持つことだ。自惚《うぬぼ》れではないぞ。自分に対する自信だ。ただし、控えめな自信だ。いっている意味がわかるか？」

「……何となく」

「強いものほど控えめになる。弱いものほど意気がりたがる。それは自信がないからだ。人と対するときは、頭に血を上らせてはならぬ。それだけでもいいから、頭に叩き込んでおけ」

「わかりました」

「今朝はこれまでだ」

「ありがとうございました」


「いかがでしたか、朝稽古は？」

家に帰った菊之助が膳部《ぜんぶ》につくと、お志津が声をかけてきた。

「うん、喧嘩の極意《ごくい》を教えてきた」

「え……？」

飯をよそったお志津が目を丸くした。

「ははは、冗談だよ」

そういって飯碗を受け取ったが、まんざら嘘ではなかった。

「菊さんも、人が悪いんだから」

「ほう、今日は牛蒡汁《ごぼうじる》か。これは、精がつきそうだ」

菊之助はお志津にはかまわず汁椀をすすった。味噌と牛蒡の味がほどよくからみ合っていてうまかった。

六

「おめえ、何だか様子がおかしいぞ」

新三が庄吉をのぞき込むように見た。

「そうかい。なんでもねえさ」

「夜の夜中にやってきて、普通じゃねえだろう。これと喧嘩でもしたか」

新三は小指を立て、欠けた歯を見せて笑った。

「そうじゃねえよ」

「だったらどうしたっていうんだ」

庄吉は話していいものかどうか躊躇《ためら》った。お紋が殺されているのだ。しかも、自分の家で。これをどう説明したらいいものかわからなかった。渡り中間の新三は、庄吉の博奕仲間だった。知り合って二年ぐらいたつが、どこまで信用のおける男かわからない。だが、いわずにはおれなかった。

「じつはよ」

「なんだ?」

「誰にもいうんじゃねえぞ。おまえだからいうんだが、絶対に人にいうんじゃねえぞ」

「だから何だよ」

庄吉と新三は丸火鉢を挟んで向かい合っていた。

鉄瓶の口から湯気が立ち昇っている。

「市右衛門の旦那の妾《めかけ》を知っているか？」

「知るも知らねえも、世話になってる人宿《ひとやど》じゃねえか。とうの昔から知ってらあ」

人宿というのは口入屋の別称である。

「その妾がよ。殺されたんだ」

「は……。おめえも朝っぱらから何をいいだすかと思えば……」

そこまでいって新三は真顔になった。

「まさか、おめえが……」

「冗談じゃねえ。おれがそんなことするか……」

庄吉は鼻の前で手を振って、昨夜、博奕場から出たあと、見知らぬ侍に脅され、家に逃げ帰ったことを話した。

「家に入ったはいいんだが、そこにお紋の死体があったんだ」

「え、何だって？」

「お紋がおれの家で殺されていたんだよ」

「そ、それじゃ……ちょっと、待て……え、どうなってんだ？　何でおめえの家でお紋が殺されなけりゃならねえんだ」

「そんなのわからねえよ。だが、殺されていたんだよ」

「でも、どうしてだ？　おまえとお紋は……」

「じつはおれと懇《ねんご》ろだったんだ」

「ほ、ほんとかい」

新三は目を丸くした。

「でも、おめえ……お紋は市右衛門さんの妾だろ。それじゃ、おめえはお紋を横取りしていたのか？」

「人聞きの悪いことというんじゃねえよ。いい寄ってきたのは向こうだ。そりゃ市右衛門の旦那は金はあるだろうが、年寄りだ。おもしろくなかったんだろう。それでおれと……」

「かあー、おめえも隅《すみ》に置けねえな。だけど、殺されてるとなるとただごとじゃねえな」

「そうなんだよ。よりによっておれの家だ。他の場所で死んでくれてりゃ、何とでもなるんだけど。……新三、どうしたらいい？」

庄吉は身を乗り出して、すがるような目を新三に向けた。

「どうすりゃいいって……それは……」

「このままじゃおれが人殺しになっちまう。こりゃあ、仕組まれたんだ」

「仕組まれた。……誰に？」

庄吉は腕を組んで考えた。

「……昨夜、おれを連れ去ろうとした侍の仕業《しわざ》かもしれねえ」

「そいつらはどこのもんだ」

「わからねえ」

「それじゃおめえ、まずいぞ。町方に嗅《か》ぎつけられたら、おめえは間違いなく牢《ろう》送りだ。いやそれだけですめばいいが、人殺しともなりゃ打ち首じゃねえか」

「馬鹿、おれはやってねえんだ」

「だけど、下手人がわからねえかぎり、おめえが疑われるのは当然じゃねえか」

庄吉はぶるっと体を震わせた。自分の首が刎《は》ねられるのを頭の隅に思い描き、さらに総毛立《そうけだ》った。

「お、おれは殺しちゃいねえんだ」

「そんなこといったって……」

新三は無精《ぶしょう》髭《ひげ》を撫《な》でながら、視線を泳がした。

「なあ新三。頼みがある」

「……」

「お紋の死体をおれの家から出してえんだ。手伝ってくれねえか」

「死体を運ぶっていうのか……」

「あのままじゃ、おめえがいうようにおれは死罪になっちまう。そんなのは真《ま》っ平《ぴら》ごめんだ。それにおれがやったんじゃねえから」

新三は、ごくっと音をさせて、つばを呑んだ。

「町方《まちかた》に正直にいっちまえばどうだ？」

「そんなこと町方がすんなり信じると思うか？　下手人がわかってりゃまだしも……」

そこで、はっと、庄吉は顔をこわばらせて宙の一点を凝視《ぎょうし》した。

「そうか、おれが下手人を……」

「捜すっていうのか？　だけど、どうやって？」

「そんなのはわからねえよ」

庄吉は深いため息をついて、火鉢のなかの炭を見た。

長屋の表でかみさん連中の話し声がする。赤ん坊の泣き声がわずらわしかった。

庄吉はあれこれ考えたが、まとまりはつかなかった。

「新三、ともかくお紋の死体を見に行かねえか」

「死体をか……。見てどうするんだ」

「頼む、このとおりだ」

庄吉は拝むように手を合わせた。

それから半刻《はんとき》（一時間）ほどして、庄吉は新三の家を出た。すでに日は高く昇っており、抜けるように青い冬空が広がっていた。

本所松井町《まついちょう》の新三の裏店《うらだな》から、庄吉の家まではほどない距離だ。

庄吉は歩きながら、昨夜のことは夢であってくれ、何かの間違いであってくれと、神に祈るような気持ちになっていた。六間堀川《ろっけんぼりがわ》に架かる山城《やましろ》橋を渡って、常盤町の町屋に入ると近道の路地を通った。

自分の長屋が近づいたとき、庄吉は一度立ち止まって深く息を吸って吐きだし、心を落ち着かせようとした。それから角を曲がったとき、足がすくんだように立ち止まった。

何と自分の長屋の木戸口からひと目で町方とわかる同心が出てきたのだ。そのあとには小者《こもの》と岡っ引きの姿があり、ついで筵《むしろ》をかけられた戸板が運び出されてきた。

庄吉は一瞬にして顔色《がんしょく》をなくして棒立ちになった。

「やべえ」

そういうなり新三の袖を引っ張り、引き返した。

七

菊之助はねじり鉢巻きをして、荒砥《あらど》から中砥《なかと》と仕事を進め、仕上げにかかる。以前に比べ仕事の捗《はかど》りが早くなった。研ぎ師を始めてから、早二年が過ぎている。当然といえば当然だろうが、それだけ要領がよくなった証拠だろう。

仕上げた包丁の刃を、腰高障子越しのあわい光にかざし、親指の腹で触ってみる。その感触で研ぎ具合がわかる。

これでよいだろうと思った菊之助は、包丁を水盤につけ、研ぎ汁をさっと流して、乾いた布できれいに水を拭き取り、丁寧《ていねい》に晒に包む。

つぎに手にした包丁はひどい刃こぼれがしていた。これはすぐに研ぐわけにはいかないので、わざと刃をつぶして研ぐようにしている。これで刃こぼれがつぶれ、均一に研げるようになるが、何度も繰り返すことはできない。包丁にもそれなりの寿命があるのだ。

お志津が仕事場を訪ねてきたのは、昼前だった。

「行ってきましたわ」

そういって、お志津は戸を閉めて上がり口に腰をおろした。

「何か聞けたかい」

菊之助はほとんど町人言葉を使うようになっている。ただし、次郎に稽古をつけるときや、両刀を帯びると自然に武家言葉になる。これも、研ぎ仕事と同じなのか、いつの間にか板についていた。

「問題の息子さんは庄吉さんというんですけど、庄七さんもお米さんもずいぶん苦労なさっている様子ですわ」

お志津は鉄瓶に手を伸ばし、茶を淹れながらつづけた。

「庄七さんはもう六十らしいんですけど、お米さんは一回りほど若いそうです」

「ほう、そうだったのか」

　菊之助は湯呑みを受け取った。

「庄吉さんは遅く生まれた子なので、ずいぶん甘やかしてしまったと。それがいけなかったとお米さんは悔やんでおられます。本当なら庄七さんの店を継いでもらうはずだったのが、遊びほうけて、博奕を覚えたり、悪い仲間とつるんでどうしようもないので、店を畳んでこっちに越してきたということです。ですが、どうも……」

「……なにか？」

「お米さんははっきりいいませんでしたけど、店を畳んだのは庄吉さんのせいだったような気がするんです」

「ふむ、それはまたどうして？」

「おそらく博奕でしょうけど、庄吉さんの作ってきた借金をずいぶん肩代わりしたようなことを、ちらりとこぼされて……それに庄七さんは胸を患《わずら》ってるようなんです」

「胸を……」

「医者の診立《みた》てだと心《しん》の臓《ぞう》が弱っているとか……。そんなこともあり、店を畳むしかなかったようなことも話されましたが、ともかく庄吉さんに手を焼いておられるのはたしかなようです」

「店は何をやっていたんだ？」

「神田《かんだ》のほうで仕立《したて》屋をやっていたらしいですわ。庄吉さんにもずいぶん仕込んだらしいんですけど、いやがって家を飛び出してしまったと……」

「それで庄吉は何をやっているんだい？」

「口入屋で働いているということですが、真面目にやっているかどうかわからないと、お米さんもよく知らないようなんです」

「ふむ。ともかく困った倅ということか……庄吉は、いくつなんだ？」

「二十二と聞きました」

「それじゃ親の面倒を見なきゃならない年頃だな」

「菊さん、どうするつもり……」

「どうするといわれても、他人がしゃしゃり出ていっても迷惑になるだろうし」

「そうですよね」

そのとき、昼九つ（正午）を伝える鐘の音が聞こえてきた。

「お昼すぐ支度しますので……」

お志津はそういって仕事場を出て行った。

源助店には北側筋と南側筋があり、仕事場は日当たりの悪い北側筋にあったが、お志津と夫婦水入らずの家は南側筋だ。家の造作《ぞうさく》も九尺二間《くしゃくにけん》の仕事場と違い、二間《ふたま》つづきの割長屋《わりながや》だった。

菊之助はざっとまわりを片づけると、昼飯を食べに戻ることにした。


それは菊之助が昼餉《ひるげ》を食べ終え茶を飲んでいるときだった。

「菊さん、菊さん、いるかい？」

もうその声で、長屋一の噂好きのおつねだとわかる。菊之助の代わりにお志津が返事をして、戸を開けてやった。

「ちょいと大変だよ」

おつねはただでさえ太っているのに、褞袍《どてら》を着込んでいたので、あたかも小《こ》兵《ひょう》の力士のように見えた。

「どうした？　慌てて」

「何だか騒がしいんだよ。この前もそうだったけど、若いのが来てわめいてんだよ」

「どこでだ?」

「ほら、あそこだよ。この前越してきたばかりの庄七さんとこだよ。若いのが今にもつかみかからんばかりの声出して大変なんだよ。ほっとくと、どうなるかわからないよ」

おつねは早口でまくし立てて、汗をぬぐう。菊之助はお志津と目を合わせるなり、腰をあげて庄七の家に向かった。途中で路地を駆け去る男の背中が見えた。

それを見送ってから庄七の家を訪ねた。

「この家で騒ぎが起きていると聞いたんですが……」

庄七もお米も暗い顔をしていたが、

「何でもありませんので、ご心配なく」

と、庄七が弱々しい顔でいう。お米も大丈夫ですからと、申し訳なさそうな顔をする。菊之助は家のなかをひと眺めした。とくに男が暴れたような様子はなかった。

「よくはわからないが、困ったことがあったら遠慮なくいってください」

「へえ、ありがとうございます。ご迷惑はかけませんから」

「……ところで、今出ていったのは誰です？」

庄七はお米と一瞬、顔を合わせてから、ばつが悪そうに頭をかいた。

「へえ、できの悪い倅です。ときどきやってきては無心《むしん》して行くんです。二度と騒ぎは起こさないように、とくといって聞かせますので、どうかご勘弁を」

深々と頭を下げられると、菊之助はそれ以上の穿鑿《せんさく》はできなかった。


次郎が仕事場にやってきたのは、日が落ちかかったころだった。

「まったく商売上がったりですよ。何か他のこと考えようかな」

次郎は売れ残りの箒を土間に置いて、ぼやいた。

「商売替えするぐらいなら、家に帰ったらどうだ」

「また、そんなことを……。意地の悪いことというんだから」

次郎は唇をとがらせて、臑毛《すねげ》を引き抜いた。

「それで、今日はどこを回ってきたんだ」

菊之助は休めていた手を動かし、研ぎ仕事に戻った。

「そうそう妙なことを聞いたんです」

「妙なこと……なんだ？」

「へえ、今日は本所のほうに足を延ばしていたんですがね、松井町のほうで殺しがあったって耳にしたんです」

「それは尋常じゃないな」

「気になったんでちょいと聞きまわってみると、深川常盤町三丁目の裏店で起きたことがわかりましてね。なんでも庄吉って男の家で、女が殺されていたらしいんですがね」

「庄吉……」

菊之助は仕事の手を止めた。

「それで、その庄吉って野郎の年恰好や人相を聞いてみると、どうも……」

「庄七さんの倅に似ているというのか？」

「あれ、どうしてそんなことを？　じつはそうなんです。まさかとは思うんですがね」

「次郎、深川常盤町の裏店といったな」

「そうです。弥勒寺そばの勘兵衛店《かんべえだな》って長屋です」

菊之助は宙の一点に目を凝らして、汚れた前掛けを外した。

「ちょっと待ってろ」

「どうしたんです？　菊さん、どこ行くんです？」

仕事場を出た菊之助は庄七の家を訪ねた。声をかけると、すぐに女房のお米が戸を開けてくれたが、庄七は横になって苦しそうに胸を押さえていた。額に脂《あぶら》汗《あせ》を浮かべ、ぜえぜえと息を喘《あえ》がせている。

「どうしたんです？」

菊之助は庄七を心配そうに眺めながらお米に聞いた。

「持病なんです。薬を飲ませたのでじきに治まると思うんですけど……」

「心の臓ですか……そう耳にしたんですが……」

「ここ数年、それで苦しんでおりますが、なかなか治りませんで……それで何か？」

「うむ、倅の庄吉のことですが、どこに住んでます？」

「どこって、何かあの子がしでかしましたか？」

お米が不安げな顔をすると、苦しそうにしていた庄七も菊之助を見てきた。

「そうではありませんが、ちょいと考えることがありましてね。それで住まいはどこです？」

「深川常盤町ですけど」

「なんという店《たな》です？」

「勘兵衛店といいます」

菊之助は内心の驚きを悟られないように、足許《あしもと》に視線を落とした。

「あの、なにか、やつが……」

寝ていた庄七が、半身を起こしていかにも苦しそうに咳き込んだ。

「一刻《いっとき》（二時間）ほど前、用があって向こうに行ったんですが、何だか似ている男を見たんで、ひょっとしてと思ったまでです。やっぱりそうでしたか、いや気になっていたんで、それがわかればいいんです」

菊之助はうまく誤魔化《ごまか》して庄七の家を出た。次郎が怪訝《けげん》そうな顔をして仕事場の前に立っていた。

「ひょっとして、まさか……」

次郎がそういったとき、その肩越しに長屋の路地に入ってくる男の姿が見えた。

黒紋付きの羽織をひるがえし、厳しい目をしてまっすぐ歩いてくる。菊之助とその男の目が火花を散らすようにぶつかった。

第二章　路地裏

一

　長屋の路地に入ってきたのは、南町奉行所臨時廻《りんじまわ》り同心の横山秀蔵《よこやまひでぞう》であった。菊之助の幼なじみで、そして従兄弟《いとこ》である。後ろには寛二郎《かんじろう》という小者がついていた。

「どうした」

　ぴたっと、足を止めた秀蔵は、まっすぐな視線を菊之助に向けた。次郎が慌てて脇にどき、会釈《えしゃく》をする。

「何の用だ」

「何の用……？　妙なことをいいやがる。ここに庄七ってじいさんが住んでいるな。どこだ？」

菊之助は通せんぼをするように路地の真ん中に立ち塞《ふさ》がった。秀蔵が目を細め、首をかしげた。すらりと背が高く、きりりと吊り上がった眉と涼しげな目をしている。町娘がひそかに憧《あこが》れを抱《いだ》くほどのいい男っぷりだ。

「用を話せ。いや、ここじゃまずい。ちょいと表へ」

菊之助は秀蔵に近づくと、肩を抱くようにして回れ右をさせた。

「菊之助、何しやがる」

「いいから、話があるんだ」

「おめえ、まさか……」

「ともかくそっちへ」

菊之助は秀蔵を長屋の表にいざなった。小者の寛二郎と次郎が目を合わせ、首をかしげながらあとをついてきた。

「それで庄七さんに何の用だ」

表通りに出てから菊之助はいった。

「直截《ちょくせつ》にいやあ、じいさんの倅が殺しの下手人かもしれねえからだ」

秀蔵は腰の十手を引き抜いて、肩を叩いた。

「深川常盤町の殺しの件だな」

「うむ。何で知ってやがる」

「次郎からさっき聞いたばかりだ」

秀蔵は次郎に顔を向けた。

「倅の庄吉が下手人だというたしかな証拠《あかし》でもあるのか?」

「おい、菊之助。おれを誰だと思ってやがる」

秀蔵は厳しい目をして菊之助をにらんだ。薄暮《はくぼ》の町には鴉《からす》の声が響き渡っていた。そばを流れる浜町堀《はまちょうぼり》を、小さな荷船が滑るように下っていった。

「おまえのことはいわれずとも、よくわきまえている。だが、その件なら少し待ってくれ」

「何をいいやがる」

秀蔵は眉を吊り上げて菊之助をにらむ。

「倅のことはよくわからないが、庄七さんは心の臓が相当悪い。聞き込みをしたいおまえのことはわかるが、そんなことをされると、ぽっくり逝かれちまうかもしれねえ。今も苦しそうに横になってんだ」

菊之助は秀蔵を前にすると、どうしても伝法な口調になってしまう。

「おれはたしかめたいことがあるだけだ」

「だから待ってくれといってるんだ。これ、このとおりだ」

菊之助は待ったをかけるように、秀蔵の胸に手をあて頭を下げた。こんなことは滅多にしないことなので、秀蔵もいささか驚いた顔になった。

「……おめえってやつは」

秀蔵は渋面《じゆうめん》を作って、あきれたように首を振った。

「ま、いいだろう。その辺で話をしよう」

行ったのは栄橋《さかえ》にほど近い小料理屋だった。次郎と寛二郎も二人のあとに従った。次郎はときどき秀蔵の手先となって動くことがある。当然、寛二郎とも顔見知りだ。

店の土間奥に六畳ほどの小上がりがあり、四人はそこで適当なものを注文した。さいわい他に客がいないので、話をするには恰好の場となった。

「おれの話は後まわしにして、先におまえの話を聞こう」

酒肴《しゆこう》が運ばれてくると、菊之助は秀蔵に酌をしてやった。

「気に食わねえことをいいやがる。だが、まあいいか。簡単にいやあ妾殺しだが……」

秀蔵はそういって、これまでわかっていることをかいつまんで話しはじめた。

臨時廻り同心は、俗に三廻りと呼ばれる隠密《おんみつ》廻り・定町《じょうまち》廻り・臨時廻りのひとつで、これには年季《ねんき》の入った熟練者が配置される。役目は市中を警邏《けいら》し、法令違反の取締り、犯罪の捜査、逮捕をする定町廻りとほとんど同じだが、その定町廻り同心の指導や相談に応じたりする。南北町奉行所にはそれぞれ六人ずつ配属されているが、上役の与力はいなかった。よって長となるのは、与力《よりき》ではなく筆頭同心がこれを務めていた。

「それじゃ、そのお紋という女は宿市《やどいち》という口入屋の妾だったというわけか」

話を聞き終えたところで、菊之助はうなるような声を漏らした。

「庄吉がたらし込んだのか、それともお互いに惚《ほ》れ合っていたのかはわからねえが、庄吉の横恋慕《よこれんぼ》と考えてもいいだろう」

「横恋慕……」

「お紋の浮気という見方もあるが、ともかく庄吉の行方がわからねえ」

「胸をひと突きされていたといったが、得物《えもの》は……」

「道具は包丁だ」

「……包丁」

菊之助は、どこか遠い目をして考えた。庄吉が下手人だという疑いは濃厚だ。しかし、さっき見た庄七の様子を考えると、おいそれと話を聞くことは控えるべきだろう。

「庄吉をしょっ引かなきゃならねえが……」

秀蔵はうっすらと無精髭の生えている顎をさすり、菊之助をまじまじと眺めた。

「おめえは庄吉の親のことを思いやっているふうだが、そんなに具合が悪いのか？」

「心の臓がかなり弱っているようだ。倅が殺しの下手人だといえば、卒倒《そっとう》するだけじゃなく、そのままぽっくりってことになるかもしれぬ」

「おめえってやつは、困ったことを教えやがる。だが、何も聞かないってわけにはいかねえんだ。ことは殺しだ。それも庄吉の仕業《しわざ》だといってもおかしくねえんだからな」

「しかし、たしかに庄吉がやったという証拠《あかし》もない。違うか……」

「そりゃまあ……」

「この件はおまえの一手預かりか？」

「殺しが起きたのは本所だ。本所方《ほんじょかた》が調べをしているが、まっ先に知らせを受けたのはおれだから動いているってわけだ」

本所見廻り、通称「本所方」と呼ばれる取締方には、与力一騎に同心二人がいて、本所深川を担当している。

「お紋という女を囲っていた口入屋へのあたりは？」

「とっくにやっているさ。主《あるじ》の市右衛門は何も知らない、そんな素振りだった。もっとも鵜《う》呑《の》みにしちゃいねえが」

秀蔵は苦々しい顔をして酒を舐めた。

「秀蔵、この一件、手伝わせてくれねえか」

「ふん、どうせそう来るだろうと思ったよ。だが、こっちもありがてえ。それじゃ、庄七のほうはおまえにまかせるか」

「心得た」

「それじゃ、早速に動いてくれ」

きらっと、秀蔵の目が光った。

二

再度、庄七とお米夫婦の家を訪ねた菊之助は、上がり口に腰をおろして庄七を見た。

「何度も申し訳ない」

「具合はどうです」

「ええ、ときどき差し込むように苦しくなるんですが、もう大丈夫です」

庄七は褞袍を掛け直して、火鉢の炭をいじった。

「さあ、どうぞ」

お米が茶を差し出したので、菊之助は手に取った。

「それで今度は……」

庄七がしわ深い顔を向けてくる。

「次郎って箒売りがいるのは知ってると思いますが、やつが昨日、庄吉と殴り合いの喧嘩をやったと聞きましてね」

「面目《めんぼく》ありません。まったく、どうしようもないやつで……申し訳ありません」

「わたしに頭を下げることはありませんよ。ですが、一度本人から次郎に詫《わ》びを入れさせたほうがいいと思いましてね」

菊之助は考えてきたことを口にした。

「へえ、もうおっしゃるとおりで……」

「それで庄吉の家に行こうと思うんですが、留守だと困るので、よく遊びに行くようなところを知っているなら教えてもらえませんか。いや、こういうことは早いほうがいいと思いましてね。まったくお節介《せっかい》なことだとはわかっているんですが、わたしは次郎の親代わりみたいなもので……」

「申し訳ございません。しかし、どこへといわれましても、家にいなきゃどこに行っているのか、わたしどもには……」

庄七は困ったというふうにお米を見た。

「昼間来たとき、何かいってませんでしたか?」

「何かって……ただ……」

「ただ……なんです?」

庄七は苦渋の色を顔に浮かべたが、あきらめたように口を開いた。

「荒金さんだから申しますが、何にそんなに金がいるのか、あいつはしょっちゅう無心に来まして、今日もそうでした。ですが、今日は急な用ができて、どうしても金を都合しなきゃならなくなったと申します。こっちが小言をいえば、例によって怒鳴り散らすんで、結局は渡してやったんですが……」

「いくらです？」

「へえ、一両ほど」

「一両……それで急な用とは……それは聞いちゃいませんか？」

「どうせ口から出まかせでしょう。いつも困った困ったというだけで……」

「でも、あんた。今日はちょっと様子が違ったような気がするんだけど」

このお米の言葉に、菊之助は目を光らせた。

「様子が違ったというのは、どんなふうに？」

「ひょっとすると旅に出ることになるかもしれないと、そんなことを……それで仕事で行くのかと聞いたら、そうに決まっているといいます。でも、いつになく落ち着かないというか、慌てているようでした」

殺しの下手人なら落ち着かないのは当然だろう。

「旅に行くって、どこに行くつもりなんでしょうかねえ」

菊之助はさりげなくいって、茶を含んだ。江戸を離れられると面倒なことになる。

「金の無心の口実だと思ったんで、しつこくは聞きませんでしたけど、そういわれると気になりますねえ」

気苦労が多いのか、お米は四十八のわりには年より老けて見えるし、痩《や》せているので、いかにも心細げであった。

菊之助は他にも聞きたいことはあったが、今夜のところは引きあげることにした。下手な穿鑿をすれば、かえってこの夫婦の心配を助長しかねない。

「ともかく庄吉が来たら、一度わたしのうちへ顔を出すようにいってもらえませんか。次郎のこともありますが、親御さんにあまり心配をかけないように、わたしのほうからも一言いってやりたいと思いますんで」

「いろいろとご面倒をおかけします。根はやさしい気の弱いやつなんですが……」

庄七は丁寧に頭を下げた。

「同じ長屋ですから。それじゃこれで……」

表に出ると、木戸口で待っている秀蔵のもとへ行った。

「どうだった」

聞かれた菊之助は首を振って、老夫婦とのやり取りを話した。

「あの野郎、江戸から逃げる気か」

話を聞いた秀蔵は苦々しげな顔で星空を仰《あお》ぎ見た。

「まだ逃げたと決まったわけではない。ともかく明日はあたれるところをあたってみよう。それから、庄吉の親に聞きたいことがあれば、おれにまかせてくれ」

「……いいだろう」

秀蔵は菊之助に顔を戻して応じた。

三

庄吉は新三の家にいた。

さっきから明かりもつけず、息を殺しながら舐めるように酒を飲んでいた。火鉢にのせた網の上で、鯣《するめ》が反《そ》り返った。指で裏返して、それをじっと見る。赤くなった炭が庄吉の瞳に映り込んでいた。

新三の野郎、遅いなと戸口を見る。静かに酒を飲んでいると、いろんな声が聞き取れる。どこかのおかみの笑い声、酒に酔った亭主のがなり声、赤子《あかご》の泣き声に、親に反発する子供の声、それを叱る親の声。

気を引くのは、隣の若夫婦の仲むつまじい声だ。壁に耳をつければ、もっと聞き取ることができるだろう。

女房が甘えるような声で、あれこれ亭主の相手をしている。若い亭主は大工《だいく》で、その日の仕事がどうの、棟梁《とうりよう》の指図《さしず》がどうのと愚痴《ぐち》をこぼしていたが、そのうち、おまえは可愛《かわい》いとか、自分のことを一番わかってくれるのは、おまえしかいないなどとやりはじめ、急に静かになった。

好奇心をそそられた庄吉は、畳を這《は》うようにして進み、壁に耳をつけた。いちゃついて乳繰《ちちく》りあっているのではないかと思ったが、かすかに聞き取れる声を耳にして、はっと顔をこわばらせた。息を止めたほどだ。

「……あそこの殺しよ。……で、変な男を見たような気が……」

「そりゃ、ほんとかい？」

「それに昼間、隣の新三さんの家……」

女房の声は小さくて、よく聞き取れない。

「そりゃ、黙っていていいもんかな」

「間違いだったら……よ……」

「だが、もしもってこともある」

盗み聞きする庄吉はもっと聞こえないものかと、壁につけている耳を強く押し当てた。だが、夫婦の会話はそれっきり聞こえなくなった。声をひそめたのだ。

庄吉は足音を殺してもとの場所に戻った。鰯が黒く焦げていた。これじゃ食えたものではない。土間に放り投げ、新三はまだかと腰高障子を眺めた。

まさか、裏切って町方に密告したのではないだろうな。そうでなくても町方に呼び止められて……。そんなことを考えると、我知らず心の臓が高鳴りはじめた。隣の若夫婦の話も気になる。何となく自分のことを噂されているようで仕方なかった。

新三は今夜は遅くなるといったが、ほんとは違うのではないだろうか。遅くなるというのは口実で、今にも町方を連れてここに……。

庄吉はますます落ち着かなくなり、心細くなった。自分は殺しなんかしていない。だが、町方は自分を下手人として手配しているに違いない。やったのはおれじゃないと、名乗り出てもよいが、町方がそんなことをあっさり信じるとは思えない。

どうすりゃいいんだ……。

庄吉は貧乏揺すりをしながら、暗い家のなかに視線を彷徨《さまよ》わせた。二、三日、この家で様子を見るつもりだったが、そんな悠長《ゆうちょう》なことをしている場合ではないかもしれない。ここにいては危ないのではないか……。

それじゃどこへ？　親父とおふくろの家か……。まっ先に高砂町のあの裏店が頭に浮かんだが、あそこもここと同じだろう。

庄吉は手に持った欠け茶碗を眺めた。薄闇のなかでも、酒が揺れているのがわかる。ごとっと表で音がして、びくっと顔をあげた。

腰高障子がカタカタ音を立てて鳴りはじめた。誰かいるのかと思い、張りつめた顔で戸口を見た。単に風が出てきただけのようだ。

ふっと、ため息をつき酒をあおった。

「市右衛門の旦那は……」

と、小さくつぶやき、頭を振った。

市右衛門の店にはもう顔を出すことはできない。お紋が殺されたことは耳に入っているはずだし、町方の調べも受けているだろう。おれとお紋が通じていたことを知り、腹を立てているに違いない。

だけど、やったのはおれじゃないんだ！

庄吉は思いきり叫びたかった。拳を固めて、膝に強く打ちつけ、

「おれじゃないんだよ」

歯軋《はぎし》りをするように声を漏らした。

「おい」

と、いう声にびっくりして顔をあげた。

「おれだよ」

ひそめられた声は新三だった。

「ひとりか？」

「あたりまえだ。早く開けろ」

庄吉は急いで土間に下りて、心張《しんば》り棒《ぼう》を外《はず》してやった。戸が開き、冷たい風といっしょに新三が入ってきた。

「遅かったじゃねえか」

「そういっただろう。殿様の芸者遊びに付き合っただけだ。明かりをつけねえか」

新三は居間にあがって、行灯《あんどん》に火を入れた。

「殿様に付き合ったって……まさか、おまえも座敷に上げてもらったのか？」

「馬鹿いえ。駕籠《かご》かきといっしょに表で待たされただけだ。寒いったらありゃしねえ」

　新三は火鉢に手をあててこすり合わせた。殿様というのは、新三が中間《ちゆうげん》奉公している旗本《はたもと》のことだ。

「それで、例のことを何か耳にしなかったか？」

「今日は何も聞いてないが、町方がその辺をうろうろしてるって話だ」

「おれのこと、誰にもいっちゃいねえだろうな」

「何もいってねえよ」

　それを聞いて、庄吉は少しだけ胸をなで下ろした。

「それで、おめえどうする気だ？　いつまでもここにいるってわけに……」

「しっ。声がでけえよ」

　庄吉は唇に指を立て、声をぐっと落とした。

「そんな声出すと、隣に筒抜けじゃねえか。それに隣の若夫婦がいるだろう。やつら、この家のことを何だか様子が変だとか何とか話してるんだ」

「ほんとかい。そりゃまずいんじゃねえか」

　新三は目をしばたたいて、隣と隔てている板壁を見た。

「昼間考えたんだ。お紋を殺したのは、おれを攫《さら》おうとしたあの侍たちだったんじゃねえかと……」

「でも、どんな面《つら》だったか覚えちゃいねえんだろう。名もわからねえんだろ……」

「それが問題なんだよ。それにしても、何でお紋が殺されなきゃならなかったんだ。どうもその辺がわからねえんだよ」

「市右衛門の旦那ってのはどうだ。あの人がおまえとお紋のことを知って、それで殺し屋を雇ったってのは……」

「おれもそのことは考えたよ。だけど、お紋とおれのことは、市右衛門の旦那は知らなかったはずなんだ」

「本当にそうだといい切れるか？」

「そういわれりゃ自信なくなるが……」

「だけど、おめえどうする気だ。ほんとの下手人が捕まるまで逃げまわっているつもりか。まあ、明日か明後日《あさって》にも下手人がわかりゃいいが、そうでなきゃおめえはいつまでも追われる身の上だ」

「……どうしろっていうんだ」

「そりゃ、おれには……」

新三は視線を外して、茶碗に酒をついだ。

「新三、おめえに迷惑をかけるつもりはねえ。明日の朝早くここを出てゆくよ」

酒をついでいた新三の顔がさっと振り向けられた。

「どこへ行くつもりだ」

「……まだ、わからねえ」

庄吉は深刻な顔で、立てた片膝を抱えた。

四

「感心だな」

井戸端にいた菊之助は、広場から帰ってくる次郎を見ていった。一汗かいてきた次郎の顔は輝いている。その肩越しに見える広場には、やっと朝日が射しはじめており、薄い霧がゆったりと風に流されていた。

菊之助は井戸の水をすくい顔を洗った。次郎は諸肌《もろはだ》脱ぎになって、上半身の汗を拭く。

「毎朝やっているのか?」

「そうです」

次郎は素振り百回、相手を想定した撃ち込み百回、教わったばかりの八相の撃ち込みを百回やっているといった。

「稽古はつづけることに意味がある。つづけているうちに、自然に何かが見えてくる」

「はい」

「今日は付き合ってくれるな」

「もちろんです」

応じた次郎は、ばしゃばしゃと顔を洗った。

「庄七さんやお米さんのことを考えると、悠長にはしておれん。今日明日にでも庄吉の人相書《にんそうがき》か、手配り書が自身番《じしんばん》や木戸番に配られるだろう。そうなると長屋の住人の誰かが知ることになる。すると自《おの》ずと庄七さんも知ることになる」

「そりゃ、仕方ないんじゃ……」

「そうだろうが……とにかく、庄吉捜しだ」

菊之助は手拭いで顔を拭き、射しはじめた朝日に目を細めた。庄七は心の臓がかなり悪そうだ。そんなときに、庄七の体にさわるような話を聞かせたくなかった。まだ庄吉が下手人と決まったわけではないのだ。

小半刻《こはんとき》（三十分）後、菊之助は次郎と連れ立って源助店を出た。

次郎は秀蔵から預かっている十手を持っているが、菊之助は丸腰だった。聞き込みに無用なものは持ち歩きたくなかった。

まず、足を運んだのは、庄吉の住まいのある深川常盤町三丁目の勘兵衛店だった。

八軒長屋だが建て替えられて間がないのか、源助店と違い真新しく木材の香りがした。路地の真ん中を走るどぶ板もまだ白い。長屋のものに聞くと、庄吉の家はすぐにわかった。戸は閉められたままだ。

出職《でしょく》の亭主らは出払ったあとで、かみさん連中が井戸端で洗い物をしながら雀のようにさえずり合っていた。

声をかけると、尻を突き出した女たちが同時に振り返った。

「庄吉さんのことですか……」

そばかすだらけの女房が目を丸くした。

「それなら町方の旦那さんにさんざん聞かれましたけど、旦那さんも……」

菊之助は、うむと曖昧《あいまい》にうなずく。すると次郎が、それとなく十手をちらつかせる。この辺は阿吽《あうん》の呼吸である。

「もう一度詳しく聞かせてもらいたいんだ。こういったことは、念には念を入れなきゃならないからな」

「そりゃそうでしょうねえ」

太った女が尻で手を拭きながら、さも感心顔でいった。かみさん連中の口は軽かった。

そんなかみさんたちの話をまとめると、長屋における庄吉の評判はあまりよくない。愛想《あいそ》が悪いし、陰気で生意気だというのが大方の意見だ。それでも庇《かば》い立てするようなことをいう女もいた。

「あの人は照れ屋なんだよ。だからそう思われるのかもしれないよ」

物知り顔でいうのは、豆粒のような目をした小柄な女房だった。

「あたしにはちゃんと挨拶してくれてたし、ときどきうちのじいさんにお裾《すそ》分け持って来てくれてもいたんだよ」

「へえ」

と、他のかみさん連中が驚いたように目と口を丸くする。

「うちのじいさん、耄碌《もうろく》しているけど、庄吉さんはうちの親父も同じぐらいの年で、苦労ばかりかけているんだと、しみじみといったこともあるしね……」

「へえ」と、またみんなは声を揃《そろ》えた。

「あの男が、そんなことをねえ」

そばかす女房だった。

「人は見かけだけじゃわからないよ。親に褒《ほ》められるような人間になりたいんだと、うちのじいさんに話しかけてもいたしねえ」

「そんなの初耳だよ。だけど、人殺しをしちゃねえ……」

「まだ、庄吉が下手人だと決まったわけじゃないんだ」

菊之助は遮《さえぎ》ってつづけた。

「だから、こうやって聞き込みをしているんだが、その殺されていたお紋はときどき庄吉の家に来ていたのかね」

「最近だね」と、太った女房がいう。

「一月《ひとつき》ぐらい前からときどき見かけてましたよ。あれ、庄吉さんにもいい人ができたんだってね。きれいな人だったからねえ」

そばかす女房がいうのに、他の女たちも同じようなことを口にした。

ただ、肝腎《かんじん》のお紋が殺された日のことは誰もよく知らなかった。

「それじゃ、お紋が庄吉の家に入るのを見たものはいないのか？」

みんな、そうだというふうにうなずいた。

「それじゃその日、庄吉を見たものはいないか？」

「朝出かけていくのを見ただけです」

これはわりと庄吉に好意的な小柄な女だった。

「いつものように挨拶をして、うちのじいさんの体のことを心配してくれたんです。じいさんは今日も元気ですかねと」

「それじゃ朝見たきりで、その後は……誰も見ていないというわけだ」

かみさん連中はそうだねと、真顔になってうなずく。

だが、木戸口で出会ったお初《はつ》という婆さんが首をかしげるようなことをいった。

「……そうだよ。庄吉さんの家を訪ねている女の人を見たよ」

お初婆さんは前歯がほとんどなく、ときどき口をもぐもぐ動かした。

「女の人ってお紋という女ではないか。いくつぐらいだった？」

「お紋……名前はわからないよ。年はねえ……どうだったかねえ。後ろ向いているのを見ただけだから」

「それは何刻《なんどき》だった?」

「何刻だったかねえ……暗くなっていたけど、寺の鐘をいちいち聞いてるわけじゃないからねえ。もういいかい」

菊之助と次郎は、お初婆さんに道をあけてやった。

「今の話、どう思う?」

菊之助は、お初婆さんの後ろ姿を見送りながら次郎に聞いた。

「お紋のことをいってるんじゃないでしょうか」

菊之助もそうだと思った。

二人は勘兵衛店をあとにすると、お紋を囲っていた宿市の主を訪ねることにした。主の市右衛門は、庄吉を使っていた男でもある。

「菊さんは、庄吉が下手人だと思っちゃいないんですか?」

「決めつけていないだけだ」

「下手人だと思うんだけどなあ……」

次郎はつぶやきを足許に落として歩く。

冬晴れの気持ちのよい日で、風もなかった。大川《おおかわ》も冬の光にきらめいていた。

本所から大橋《おおはし》を渡り両国《りょうごく》を抜け、横山同朋町《よこやまどうぼうちょう》の宿市を訪ねた。

五

口入屋は、大まかには奉公人と日傭取《ひようと》り（日雇い）などの仲介を主な仕事とするが、宿市は川浚《かわざら》いや護岸工事などの人足手配を得意としていた。

だが、腰高障子に「奉公人口入屋」と大書《たいしょ》されているのは、他の口入屋と同じだった。口入屋には、慶庵《けいあん》・請宿《うけやど》・人宿《ひとやど》・肝煎《きもいり》屋などの別称がある。

「あれ？」

宿市に入り、姿を現した市右衛門を見るなり、次郎が驚きの声を漏らした。

「旦那は……」

と、まじまじと市右衛門を見るが、市右衛門のほうは、

「はて、どこかでお会いしましたか？」

と、柔和《にゅうわ》な顔をかしげる。

「二、三日前、日本橋の茶屋で……おいらの箒を……」

市右衛門は目をしばたたき、「ほう、あのときの方でしたか」と、目尻にしわをよせ、

「これはまたご縁のあるお方ですな。求めた箒は重宝《ちょうほう》しておりますよ。それで、今日はいかようなことで？」

市右衛門は菊之助と次郎を交互に見る。

「わたしは縁あって町方の手伝いをやっている荒金と申すもので、こっちは次郎と申します。伺《うかが》ったのは、すでにご存じのこととは思いますが……」

「待ってください。そのことでしたら、奥で……」

市右衛門は片手で菊之助を制して、帳場裏の居間に通してくれた。

「……あの二人のことはすでに町方の旦那さんらに、話すことは話してあるのですが、まだ何かお知りになりたいことでも？」

下女が茶を置いて下がったあとで、市右衛門が口を開いた。

「主はその二人の仲を知っていましたか？」

「いいえ、ちっとも……」

市右衛門はそっけなくいって、煙管《キセル》をつかんだ。

「それじゃ、お紋がああなって初めて知ったと」

「そうでございます。まったく寝耳に水のことでした」

菊之助は、市右衛門のわずかな表情の変化も見逃すまいという目をしている。

「お紋とはいつごろから……」

柔和だった市右衛門の目が厳しくなった。

「そこまでお聞きになりますか？　それに、そのことはすでに横山様という旦那に……」

「わたしはその横山の指図で来てるんです」

菊之助がぴしゃりというと、市右衛門は押し黙った。

「長いんですか？　お紋との仲は……」

「かれこれ二年ほどでしょうか」

市右衛門はそういってからあとは面倒くさいとばかりに、勝手に話した。

「薬研堀《やげんぼり》に〈磯亭《いそてい》〉という貸座敷屋があります。お紋はそこで仲居《なかい》をしておりまして、わたしが目に留めて話をつけた次第です。あれもわたしの申し出を素直に請《う》けましてね。それで郡代《ぐんだい》屋敷のそばに家を借りてやりました。庄吉とお紋がいつそんな仲になったか知りませんが、お紋との酒の席に庄吉を何度か誘ったことがあります。それが縁結びになったのかどうかわかりませんが……それにしてもまったく、こんなことになるとは……」

市右衛門は煙管の火を消して、その柄で白髪《しらが》まじりの頭をかいた。

「庄吉はここで仕事をしていたと聞きましたが……」

「あれには人足集めをやってもらっておりました。若いわりには目端《めはし》が利《き》き、どこで集めてくるのか、明日何人ほしいという話が持ち込まれると、もうその夜には手配を終えているという手際のよさで、感心しておったんです。仕事は熱心にやりますので、悪い癖さえなけりゃよかったんですが……」

「悪い癖……」

「博奕狂いなんです。何度もやめるようにいったんですが、こればかりはどうにもなりませんで……」

「遊び仲間は知りませんか？」

「さあ、仕事以外のことは……」

「そうですか」

菊之助は冷めかけている茶に手を伸ばして含んだ。

「話は戻りますが、庄吉は人足の手配をしていたんでしたね。それじゃ、今日もその人足らは働いておりますか？」

「近いところだと、佐久間《さくま》河岸の普請場《ふしんば》があります。人足の半分は庄吉の手配です」

「佐久間河岸ですね。……それで、お紋のことをお内儀《ないぎ》はどうでしょう？」

「どうって……うちの女房は先刻承知です。女ができたからといって口を挟《はさ》んだり、妬《ねた》むような女じゃありませんよ。まだ何かお聞きになりたいことがありますか？」

市右衛門は煩《わずら》わしそうな目を向けてきた。

「お紋が殺された日ですが、どこにいました？」

「また、それですか。あの日は近くの寄合《よりあい》に行っただけで、あとはずっと家におりました。横山様にもそう申してありますし、そのこともお調べになっています」

最後は面倒くさそうな口調だった。

それをきっかけに、菊之助と次郎は宿市を出た。

「何か引っかかるようなことはありましたか？」

宿市を出てすぐ、次郎が聞いてきた。

「ないな。まったく何もないのか、相当の狸《たぬき》か、それもわからぬ」

「それで、今度はどこへ？」

「佐久間河岸に行く前に、お紋の家に寄ってみよう」

市右衛門がお紋のために借りた家は、馬喰町《ばくろちょう》の郡代屋敷裏、神田富松町《とみまつちょう》にあった。二階のある割長屋だ。当然、戸は閉まっているが、隣近所の住人の口は塞がっていない。

早速お紋について聞きまわったが、とくに気になる話は出なかった。誰もが市右衛門以外に出入りする男はいなかったという。また、お紋は人当たりもよかったらしく、近所付き合いも悪くなかったというのが大方の話で、事件の鍵になるようなことは何も聞けず仕舞いだった。

だが、そのあとで行った佐久間河岸で庄吉をよく知るものに出会うことができた。

佐久間河岸は神田川に架かる新《あたら》シ橋《ばし》のそばにある、神田佐久間町前の河岸地だ。人足らはその河岸の船着場の普請工事をしていた。

庄吉をよく知るのは、真っ黒に日に焼けた与助《よすけ》という男で、

「やつは博奕狂いで、あっしも何度か誘われた口でしてね。ほうぼうの中間部屋を連れ回されましたよ」

草鞋《わらじ》の紐《ひも》を直しながらそんなことをいった。

「お紋という女を知らないか？」

「お紋……さあ、女の名なんて出ませんでしたよ。もっぱらこっちですから」

与助は賽子《さいころ》を転がす真似をした。

「博奕場で庄吉をよく知るやつはいなかったか？」

「仲のいいのは何人かいましたよ。渡り中間をやっている新三というのがおりましてね。そいつとよくつるんでるようです」

「新三……」

「へえ、近ごろは御竹蔵《おたけぐら》の近くに出入りしているようなことをいってました。それで、庄吉が何かやらかしたんですか？」

与助はまだ事件を知らないようだ。

「どうしても会いたいんだ。捜してくれと庄吉の親に頼まれていてな」

この辺は嘘も方便《ほうべん》である。

「親に……まあ、やつも親のことは気にしてますからねえ」

「庄吉が親のことを……」

「ええ、おれは親不孝もんだからいつか恩返ししなきゃとね。……柄にもねえことというと、感心したことがあるんです」

「……そうか」

菊之助は遠くの空を見て、庄吉のことを考えた。

さっきも庄吉の長屋で同じようなことを聞いている。親に面倒ばかりかけている庄吉は、そんな自分のことを本当は悔やんでいるのかもしれない。だが、親の前に出ると素直になれない。誰しもそんな時期がある。それは他人の親と比較したり、自分の親のいやな部分を知ったりするからだが、庄吉はその思いを長く引きずっているのかもしれない。また、これは仲間に感化されたと考えることもできる。

いい友ができれば、親への反抗心は薄れるが、そうでない質《たち》の悪い仲間だと、そっちに染められてしまうことがある。だが、それも本人次第なのではあろうが……。

菊之助は新三の人相風体《ふうてい》を聞いた。

「目立つような男じゃありませんよ。年の頃は二十三か四といったところでしょう。前の歯が一本欠けておりましてね。独楽鼠《こまねずみ》のようにせわしない歩き方をするやつです」

「御竹蔵の近くに出入りしているようなことをいったが、新三も」

「いっしょに通ってるんじゃないでしょうか」

「その場所を教えてくれないか?」

与助は南割下水のどん突きから一町《ちょう》（約一〇九メートル）ほど北に行った御竹蔵のそばにある、桜井九郎衛門という旗本の名を口にした。

「桜井九郎衛門……」

菊之助は普請場に目を向けた。人足らが船着場の土手を固めたり、砂利《じゃり》と土嚢《どのう》を積み込む作業に汗を流していた。

「会ったら、何かいっておきますか」

「親元に顔を出すようにいってくれるか。仕事の邪魔をしちまったな」

菊之助が少ないがといって、心づけを握らせると与助は何度も頭を下げた。

「新三という男が何か知ってるかもしれぬ」

菊之助は普請場をあとにしていった。

「それじゃ桜井という殿様の家に……」

「うむ」

短く応じた菊之助は、与助から聞いた新三という男の顔を思い描いてみた。

六

「菊さんは、庄吉が江戸にいると思いますか？」

次郎は蕎麦《そば》をすすりながら聞く。

「さあ、どうだろう……。ほんとに庄吉の仕業だったら逃げているかもしれんが……」

「庄吉の仕業だと、考えていいんじゃないですか」

菊之助は答えなかった。

与助のいった旗本屋敷に行く前に、お紋のことをもう少し調べたいと思っていた。二人は小腹が空《す》いたので、蕎麦屋に立ち寄っているのだった。

「あの野郎に決まってますよ」

「次郎、それならなぜ庄吉がそんなことをしたと思う？」

菊之助は最後の蕎麦をすすり込んで次郎をにらむように見た。

「さあ、それは……」

「庄吉とお紋ができていたのは間違いないだろうが、話を聞いたかぎりではまだ二人は付き合って間もない。勘兵衛店のおかみたちの話からすると、一月だ。一月といえば、互いに熱い思いを募らせるころだ。そんなときに好きな女を殺《あや》めるとは……」

「口喧嘩でもしてカッとなるってこともあります」

次郎は、庄吉に殴られたことをよほど腹に据えかねているようだ。

「そういうこともあるかもしれんが、決めつけるのは早い」

「そうですかね」

「いずれにしろ、やつを見つけるのが仕事だ」

「ま、そうですけど」

蕎麦屋を出た二人は薬研堀にある磯亭の暖簾《のれん》をくぐった。一階は帳場と勝手、それから奉公人や主の家族が使っており、客間は二階に設けてあった。

応対に最初に出てきたのは長く奉公している仲居らしく、お紋のことを訊《たず》ねると、気さくに答えてくれた。

「お紋ちゃんだったら、よく知ってますよ。最近はあまり会わないけど、どうしているのかとときどき噂していたんです」

この女もお紋の死をまだ知らないようだ。

するると、秀蔵や他の町方はこの店に来ていないのか……。そんなことはないはずだがと思いつつ、いくつかのことを聞いていった。

「気立てのいい子だったけど、隅に置けないところもあったんです」

年増の仲居は気になることをいう。

「隅に置けないとは？」

仲居はいっていいものかどうかという顔で、まわりを気にした。宴席の支度《したく》に余念のない仲居たちが、階段を忙しく上り下りしていた。

「お紋ちゃんは客受けする女だったから、よく声をかけられていたんです。それで客といつの間にかできちゃったりして……」

「それは宿市の市右衛門ではないということだな」

「宿市さんに囲われたのはよかったんですよ。でも、その前にもけっこうねえ」

「男がいたのか……？」

「いたってほどじゃないんですけど、この客あの客と……八方美人というんでしょうか。お紋ちゃんも、そっちのほうは嫌いじゃなかったようだし」

この女はどうやらお紋に嫉妬《しっと》しているようだ。

「決まった男がいたというわけではないのか？」

「はっきりとはいえませんけど、何人かいたような節《ふし》がありましたよ」
仲居が声をひそめたとき、そばの帳場暖簾が上がって、番頭の顔がのぞいた。
菊之助に目をやり、それから仲居を見た。
「おとき、何やってるんだ。上はてんてこ舞いなんだぞ」
おときと呼ばれた仲居は、ひょいと肩をすくめると、番頭にわからないように
ぺろっと舌を出して、そばの階段を駆けあがっていった。
「それで、お座敷のことでしょうか?」
番頭はおときを注意したときとは違う顔で、平身低頭《へいしんていとう》した。菊之助がお紋のこ
とを口にすると、目を瞠《みは》った。
「お紋のことは昨日、御番所《ごばんしょ》のお役人さんから聞いてびっくりしていたところな
んです。それで何かわかったことでもあったんでしょうか……」
番頭は額に蚯蚓《みみず》のようなしわを走らせて、菊之助と次郎を交互に見た。
「何もわかっていないから裏打ちのために来たのだが、今おときという仲居が、
お紋は宿市に囲われる前に男がいたようなことをいっていたが、それは本当だろ
うか……」
「さあ、その辺のことは手前にはよくわかりませんで……ただ、ご贔屓《ひいき》さんから

可愛がってもらっていたのはたしかです。なかなか人気のある女でしたから。まさかこんなことになるとは思いもしませんでしたけど……」

「店のものに、この件は知らせていないのか？」

「はい。昨日横山さまという旦那がお見えになりまして、他言《たごん》は慎めと釘を刺されまして。それで奉公人にはまだ教えておりません」

菊之助はさすが秀蔵だと内心で感心した。下手に他言されたばかりに下手人の耳に入り、警戒心を強くされ逃げられることがある。

「宿市に囲われる前、お紋を可愛がっていた客のことはわからないだろうか？」

「それはとくに親しくしていたってことでしょうが……」

察しのいい番頭は目を泳がせたが、特定の名を口にすることはなかった。

「ことがことだ。もしわかれば教えてもらえないか」

「それでは、あらためてお越しください。わたしのほうで調べておきますので」

頼むといい置いて磯亭をあとにすると、先に本所に行き、桜井九郎衛門という旗本の家を下見しておくことにした。

佐久間河岸で会った与助という人足の話を頼りに御竹蔵の近くを流し歩くうちに、桜井九郎衛門の家はすぐに見つかった。近くの辻番《つじばん》小屋で訊ねると、三百石《こく》取りの小納戸役《こなんどやく》だということもわかった。

三百石の旗本といえば、中堅であろうか。それなりの身分ではあるが、渡り中間を雇うところから家中《かちゆう》の財政は余裕があるとは思えない。もっとも文政《ぶんせい》のこの頃になると、どの武家も家計が苦しく、居付《いつき》の中間を抱える家は少ない。中間や小者、あるいは陸尺《ろくしやく》といった下働きも、口入屋や人の紹介がなければ仕事にありつけなくなっていた。

一年年季はめずらしく、ときにはその日だけの日傭取りもいたぐらいである。これは、武家のほうで何かの行事の折に体面を保つための間に合わせである。

そんな屋敷の中間部屋はしばしば博奕場に使われ、取締りの手を逃れていた。町奉行所の旗本屋敷への介入は、それなりの面倒な手続きを踏まなければならないので、博奕打ちもその辺を心得ているのだ。

「次郎、あっさり他人のことを決めつけてはならぬ」

菊之助の不意の言葉に、次郎は目をしばたたかせた。桜井家に近い南本所石原《いしわら》町《ちよう》の茶店の長腰掛けだった。空を雁《かり》が飛んでいた。

「おまえは庄吉が下手人だと決めつけてかかっている。その思いが強いと、大事なことを見落とす恐れがある」

「しかし……」

「そりゃあおれだって、そうではないとはっきりと断言はできん。だが、片寄らずに考えるべきだろう」

「片寄らないで……」

「そうだ。それに、庄吉は意外に救いようのある男かもしれぬ。与助の話や庄吉の長屋で聞いたことを考えると、そんな気がする」

「だけど、親は手を焼いているようなことをいってるんです」

「わからぬか。あの親は庄吉のことを心の底から心配しているんだ。おそらくその思いは庄吉にも通じているとおれは思う」

「菊さんは人がいいよ。いいほうにばっかり考えるんだから……」

菊之助はやさしげな眼差《まなざ》しを次郎に向けた。

「次郎、人というのは付き合う相手によって変わる。相手次第で良くも悪くもなる。それゆえに人との出会いは大事なんだ。出会いでその人の人生さえ変わることだってある。だが、悪くなったとしても、また別の出会いで本来の自分に、もとの道に戻ることもあると、おれは思っている。あまり他人のことをあしざまにいわないことだ」

「そんなふうにいってるつもりはありませんよ。だけど、そうですね菊さん。おいらわかるよ、出会いって大事だってこと。腐ってたおいらも、菊さんと出会えたから、ぐれなくてすんだと思うんだ」

「そう来たか。ま、おまえの場合はまだ可愛げがあったからな」

「するってえと、庄吉は可愛くないってことですか。ほら、菊さんだって」

「まあな……」

菊之助は笑って誤魔化した。

二人は夕七つ（午後四時）の鐘を聞くと、茶屋を離れ、桜井家のそばにゆき、通りを見張った。新三がやってくれば、それとなくわかるはずである。そうでなくとも、庄吉に出会うかもしれない。

日が傾き、落ちはじめたかと思うと、あとは釣瓶《つるべ》落としだった。七つ半（午後五時）過ぎにはすっかり夜の帳《とばり》が落ち、通りには帰宅する武士の姿が目立つようになった。逆に屋敷からぶら提灯《ぢようちん》を下げて外出するものもいる。しかし、町人地と違い武家地は静かだ。通りを歩くものも少ない。

それは七つ半を過ぎて小半刻もしなかった。桜井家の勝手口に近づく男がいた。

『前の歯が一本欠けておりましてね。独楽鼠のようにせわしない歩き方をするやつです』

佐久間河岸で会った人足の与助は、新三のことをそういうふうにいった。

菊之助は勝手口にまっすぐ向かう男の足取りが、せかせかしているように思えた。

「声をかける」

菊之助は次郎にそういって、足早に男に近づいた。

「もし」

男の顔が振り向けられた。薄暗がりなので表情は読みとれない。

「なんだい？」

「人を捜しているんだが、新三って男を知らないか？」

男の顔が一瞬こわばったように見えた。

「あんたら何者だよ」

男がそういったとき、前歯が欠けているのがわかった。

七

「新三だな」

菊之助がそういったとたんだった。新三は菊之助の脇をすり抜けると、次郎の肩を突いて脱兎《だっと》のごとく駆け出した。

「次郎、追え」

一瞬よろめいた次郎は体勢を立て直すや、菊之助にいわれるまでもなく走りだしていた。新三は俊敏だったが、次郎は足が速い。みるみるうちにその差を詰め、南割下水《みなみわりげすい》の手前で手にした十手を新三の足めがけて投げつけた。

次郎の手を離れた鉄の十手は、見事新三の太股《ふともも》に命中した。新三の足がもつれ、ついでよろめいて前につんのめるように転がった。すかさず次郎が飛びつき、襟首をつかんで絞めあげた。

「野郎、舐めんじゃねえぞ！　なんで逃げやがる！」

「なんだよ。何もやってねえじゃねえか」

新三は地面に腹這いになったまま抗弁する。

たせた。

「次郎、立たせろ」

菊之助にいわれた次郎が、襟首をつかみ、片手を後ろにねじり上げて新三を立たせた。

「なんだよ、あんたら？」

新三はそういいながらも逃げ道を探すように左右に目を動かす。

「なぜ逃げた？」

「町方の手入れかと思ったんだよ」

「それだけか？」

新三は今度は、注意深そうな目を菊之助と次郎に向けた。

「……いったい何の用です？　おれは何もやってませんよ」

「聞きたいことがあるだけだ」

「なんです？」

「庄吉って男を知ってるな」

菊之助は新三の目をのぞき込むようにして聞いた。

「やつが何かしましたか？」

「下手な嘘はいわないほうが身のためだぞ。おれたちには町方の息がかかっている。それを忘れるな」

「やつなら……」

新三はいいかけて、舌先で唇を舐めた。

「どうした？」

「出てゆきました」

「出ていった？　どこをだ？」

「おれんちです。やつは殺しの疑いがかかっているからって……それで」

「いつまでおまえの家に？」

「出ていったのは今朝です」

「それじゃ、お紋の件をおまえも知っているんだな」

「……まあ。ですが、やつはやってないといってました。それに身の潔白を証《あか》すには下手人を捜すしかないとも……」

「下手人の心当たりがあるというのか？」

「そんなことを口にしてました。ちょいと、放してくださいよ」

新三は肩をゆすって、次郎の手をほどこうとした。菊之助は目顔《めがお》で放してやれと次郎にいった。自由になった新三は襟を直し、肩をまわした。

「詳しいことを聞きたい。その前におまえの家に案内してもらえるか?」

「おれの家に?」

「庄吉が戻っているかもしれないだろ」

「そんなこと、あるわけないですよ」

「何でもいい。ともかく案内しろ」

新三はしぶしぶあきらめ顔になって、それならこっちですと歩きはじめた。

次郎は逃げられないように新三にぴったりついている。

武家地を抜け、二ツ目之橋《ふたつめのはし》を渡り、本所松井町一丁目に入った。六間堀に架かる松井橋を渡ってすぐの路地だった。

冬だというのに、饐《す》えた臭いのこもる裏店だった。それは、人ひとりがやっと通れるような猫道《ねこみち》を出たときだった。

「そいつをこっちにもらおうか」

不意の声に振り返った菊之助と次郎の首に、鈍い光を放つ刀が向けられていた。凍りついたように立ち止まった新三にも、刀が突きつけられていた。

菊之助は相手を見た。頭巾を被って目だけしか見えない。

「ついてこい」

男にうながされて、後戻りする恰好《かっこう》になった。

「菊さん」

次郎が心細い声をかけてきた。

「黙ってろ」

叱咤《しった》するようにいった菊之助は、相手の動きを観察した。相手は刀を持っているが、菊之助は寸鉄《すんてつ》も帯びていない身だ。どうするかと考えたとき、路地奥で犬が吠えはじめた。次郎を脅している男が、そっちをさっと振り返った。

菊之助が動いたのは、その瞬間だった。

第三章　聞き込み

一

菊之助はたしかに動いた。

素速く動いて、自分に刀を突きつけている男の腕をつかみ、相手の脇差を奪い取り反撃に転じようとした。

だが、思い通りにはならなかった。相手は先に菊之助の動きを読み、瞬時に菊之助の首に腕を巻きつけたのだ。菊之助はわずかに体を沈めたに過ぎなかった。

「うむッ」

「妙な真似は無用だ」

男は頭巾の下からくぐもった声を漏らした。この男たちはできる、と感じた。

菊之助は脇の下に冷や汗をかいていた。こんなことは滅多にあることではない。大小を帯びてこなかったことを悔やんでも、あとの祭りである。

やがて裏通りに連れ出された。こういうときにかぎって人通りがない。

「おとなしくついてまいれ。怪我をさせるつもりはない」

菊之助の首に腕を巻いていた男が低くいって、その腕をほどき、刀を納めた。

「なんのつもりだ」

「今にわかる」

要領を得なかったが、頭巾の男たちにそれまであった剣呑《けんのん》さは薄れていた。次郎と新三についている男たちが刀を鞘《さや》に納めた。だが、下手に動けば、たちどころにその刀は抜き払われるだろう。

六間堀に架かる山城橋のそばに茶屋があった。その裏手は小さな空き地になっている。男たちはその空き地に菊之助らを連れ込んだ。すでにあたりは暗く、互いの顔がやっと見分けられる程度だ。

「貴様、何者だ」

一番背の高い男が双眸《そうぼう》を光らせた。菊之助の動きを封じた男だった。

「おぬしらのほうこそ何者だ」

菊之助は問い返した。

背の高い男がかすかに笑ったように見えた。

「わけあって名乗ることはできぬ。だが、庄吉を捜しているものだ」

「庄吉を……なんのために？」

「それはいえぬ。だが、やつの行方を知りたい。新三と申したな」

話をするのはやはり背の高い男だ。その目が新三に向けられた。

「庄吉はどこへ行った」

「し、知りません」

「知らぬ……」

男は疑うように目を細めた。

「昨夜、庄吉がおまえの家にいたことはわかっているのだ」

「朝早く出て行っちまったんで……」

「どこへ行った」

「それはわかりません……どこへ行くとも教えてくれませんでしたし……」

男たちは互いの顔を見合わせた。

「何のために庄吉を捜しているのか知らぬが、いったいおぬしらは何者だ？　勝手に人を脅しておいて、無礼ではないか」

菊之助は武士言葉になって、頭巾の男たちを順繰りに見た。

「貴様、なかなかの口を利くな。新三とはどういう関係だ？」

「おれは……」

菊之助は一瞬口ごもって開き直った。

「おぬしらがどういうことで庄吉を捜しているのか知らぬが、おれは町方に頼まれて庄吉を捜しているだけだ。下手に邪魔をすると、身のためにならぬぞ」

「ふふ、肚の据わったことをいう。だが、町方の手先ということは、お紋殺しの件で捜しているのだろう？」

「おぬしらは違うのか？」

「おれたちはその一件とはなんの関係もない。ただ、庄吉には何としてでも会わねばならぬ」

「だったら、手を組んだらどうだい」

いったのは次郎だった。

「その手もあるだろうが……さて、どうしたものか……」

男は思案《しあん》するように夜空を見あげた。点々と星の散らばる空には、冴《さ》え冴《ざ》えとした月も浮かんでいた。

「手を組んでも不都合はないのでは……」

次郎についている男がいった。

「そうだな、よかろう。それがしは立松左五郎《たてまつさごろう》という。ある家中のものだ。こっちは野村安太郎《のむらやすたろう》、そっちが滝口順之助《じゅんのすけ》。そのほうらは？」

菊之助は自分の名を名乗り、次郎を紹介した。

「それでは話を聞こうか」

「待ってくれ。その前に新三の家を見ておきたい」

菊之助がいうのへ、

「庄吉は帰っておらぬ。さっきたしかめたばかりだ」

立松が諭すようにいった。

「それじゃ、どうする？」

「立ち話もなんだ。その辺の店に入ろう」

立松が頭巾を外すと、他の二人もそれにならった。

二

菊之助らが入ったのは、山城橋そばの茶屋だった。店の前を流れる六間堀川には、町屋の提灯の明かりと空に浮かぶ月が映り込んでいた。

立松は六人分の茶を運んできた女将《おかみ》に心付けを渡すと、席を外させた。

「荒金殿が御番所の手先とわかった以上、もう隠し事もできまい。よかろう、こっちのことを正直に話そう」

菊之助は茶に手もつけず、立松の顔を食い入るように見た。背も高いが顔も縦に長い、それに色が黒いので、まるで長芋のようだった。

「手前どもは寄合肝煎《よりあいきもいり》・本多《ほんだ》金次郎《きんじろう》様の家中のものだが、三月《みつき》ほど前、金次郎様が刺し殺された。すでに事の処理と、家督《かとく》相続については済んでいるが、当主を殺されたまま下手人を見逃すわけにはまいらぬ」

「まさか、その下手人が庄吉だと……」

菊之助は息を呑むようにいったが、立松がそうではないと首を振った。

「下手人のことはようやくにしてわかった。植田《うえだ》大三郎《だいざぶろう》という浪人だ。だが、植田の行方がわからぬ。ところが、この植田と庄吉が一時つるんでいたことが明らかになった。植田はほうぼうの店の用心棒をやったり、道場荒らしをして小金をためては賭場で使い込んでいるような男らしいが、その行方が杳《よう》としてつかめぬ」

「それじゃ、庄吉がその植田大三郎の居場所を知っていると……」

「知っていてもおかしくはない」

「しかし、貴公らの殿様は何故《なにゆえ》、植田に……」

菊之助は相手に合わせて話し方を変える。

「埒《らち》もないことだった。屋敷内の中間部屋《ちゆうげん》で博奕《ばくち》を打っていた植田が厠《かわや》に立った折、家のなかをうろつき、あろうことか殿が使われる厠に入った。たまたま殿もその厠に行かれたのだが、そこで植田を叱責《しつせき》された。これに腹を立てた植田がひと突きしたらしいのだ」

「御家で起きたことなら、すぐに植田の仕業だとわかったのではないか」

「それがそうではなかった。大変な騒ぎで、中間部屋にいた博奕客も蜘蛛《くも》の子を散らすように逃げてしまった。手がかりはありはしたが、家中の中間もことの成り行きの要領を得ないばかりか、新参客のことをよく知らなかった。それゆえに植田大三郎の仕業だとわかるのに、手間取ってしまった」

「すると、植田と庄吉は新しい客だったというわけだ」

「そうらしい」

立松はため息まじりにいって、茶を飲んだ。

「新三、おまえは庄吉から植田大三郎のことを聞いてはいないか？」

「……いいえ、そんな名は初耳です」

新三は目をぱちくりさせた。菊之助は立松に顔を戻した。

「それで、植田のことはどこまでわかっている？」

「話したとおりだ。ただ、死人のように色の白い男らしい。植田を知るものは気色《きしょく》悪いほどだと口を揃える」

「力になれるかどうかわからぬが、ともかくおれたちは庄吉を捜さなければならない。もし、わかったらどうすればいい？」

「大横川に架かる長崎橋《ながさきばし》を渡った先に本多家がある。わたしの名を門番に告げればわかるようにしておく。逆にこっちが先に庄吉を見つけたらいかがする？」

「高砂町に源助店という長屋がある。そこにお志津という女がいる。わたしの妻だが、そこへ使いを寄こしてもらえれば助かる」

「心得た。こういったことは相身互《あいみたが》いだ。先ほどは脅かしてすまなかった」

「それにしても、寄合肝煎の大身《たいしん》旗本の中間部屋で博奕とは……」

立松左五郎らと別れた菊之助は、家路につきながらつぶやいた。

寄合肝煎とは若年寄《わかどしより》の支配下で、三千石《ごく》以上の無役の旗本寄合衆を取り締まったり、世話をするもので、これには五名があてられていた。

よって植田に殺された本多金次郎は、それ相当の格式ある家柄だといえる。しかし、そんな家の中間部屋も博奕場と化しているというのは、それだけ世の中が乱れているということだろう。

幕府は前年の文政五年に英吉利《イギリス》船が浦賀《うらが》に来航したのに肝を冷やし、この年より房総《ぼうそう》沿岸の警備強化にあたふたしている。

殿中においても、御書院番《ごしょいんばん》部屋で刃傷沙汰《にんじょうざた》が起きてもいた。市中でも三社祭《さんじゃまつり》の費用が足りず、婦女子三人を吉原《よしわら》に売り飛ばすという悲しくも情けないことがあった。

「菊さん、新三は庄吉がどこへ行ったか知らないようですが、あんなことがあると植田大三郎という浪人を頼っているのかもしれませんね」

「……そうかもしれんが、その植田がどこにいるかがわからん」

新三と庄吉の付き合いは二年ほどだというから、庄吉と植田大三郎はそれ以前に知り合っていたのかもしれない。

「人足の与助って男がいましたね。あいつが何か知らないでしょうか……」

菊之助もそれを考えているところだった。

「明日、もう一度与助に会ってみよう。それから、お紋のことをもう少し調べるべきだろう」

菊之助は寒々しい月を仰《あお》ぎ見た。

三

庄吉は千住《せんじゅ》大橋に近い旅人宿にいた。

古くて小さな宿だった。部屋には手焙《てあぶ》りがあるだけで、空気はしんしんと冷たい。夜が更《ふ》けるに従い、冷え込みは厳しさを増していた。

庄吉は背を丸め、手焙りを抱くようにして酒を飲み、肩に掻巻《かいま》きを引っかけていた。さっきから隣の部屋でしわぶきがつづいている。隣にいるのは年寄り夫婦で、咳《せき》をしているのは亭主のほうだ。

庄吉は細く窓を開けた。行灯から立ち昇っていた煙が、吹き込んできた風に流される。よほど安物の魚油《ぎよゆ》を使っているらしく、この油煙《ゆえん》には参っていた。

窓の外に目をやると、荒川《あらかわ》の向こうに町屋の明かりが蛍《ほたる》のように見える。橋を渡ってしまえば、朱引《しゆび》き地の外で、江戸ではない。町奉行所の役人も追ってこられなくなる。

橋を渡ったほうがいいかどうか……。

人殺しの疑いをかけられたまま江戸に残るのは得策《とくさく》ではない。そのことは十分わかっている。だが、自分は下手人ではない。それなのに、逃げなければならない。

どうしてこんなことになってしまったのかと、今さらながら自分の不行跡《ふぎようせき》を反省するばかりだ。

親にいわれるまま店を継げばよかった。博奕の味を覚えてしまったばかりに、遊び癖がついたのもわかっている。何かとうるさい年寄りの親がわずらわしかった。自分のことを思ってくれていっているのだとわかっていても、歯向かってばかりだった。

なぜもっと素直になれなかったのか……。親に悪態《あくたい》をつきながらも、心の片隅では、おれはどうしようもない人間だと、自分を蔑《さげす》んでもいた。

親に金を無心して家を出て行くときは、決まってみじめな気持ちになる。そんな女々《めめ》しい思いを忘れようと、喧嘩をしたり博奕をしたり、酒で憂《う》さを晴らしたり……我ながらまったくの馬鹿者だと思う。

ぶるっと肩を震わせた庄吉は、窓障子を閉めて酒をなめた。

脳裏にお紋の顔が浮かんだ。

「あんたがわたしに気があるのは知っているのよ」

そういわれたのは二月前のことだった。市右衛門の妾だと知ってはいたが、つい舞い上がってしまった。

前々から庄吉はお紋のことをひそかにいい女だと思っていたし、ときどきあの白いうなじや、鼻筋の通ったきれいな横顔を盗み見していた。小股の切れ上がった女とはこんな人なのだと、勝手に思いを寄せていた。

「あんたはどうなんだ?」

内心の高揚《こうよう》を押し隠して聞き返した。

「ふふ、わたしもあんたが好き」

いたずらっぽい笑みを浮かべて、お紋はそういった。

庄吉は完全に自分を見失ってしまった。さらにお紋は、追い打ちをかけるようなことをいった。

「わたしの家に呼ぶことはできないけど、どこかで会えないかしら」

お紋は庄吉の手に自分の手を重ねてきた。

そこは、市右衛門に誘われて行った料理屋で、市右衛門が厠に立ち、席を外したときのことだった。

「い、いつがいい?」

「いつでもいいわ。わたしはなんとでも都合つけられるから」

「だったら、明日はどうだ?」

「いいわ」

どこで会うか、いつにするかという話は、市右衛門が帰ってきたのでできなかった。

だが、帰り際にお紋は、「柳橋《やなぎ》、六つに」と、こっそり耳打ちしてきた。

翌日、庄吉が柳橋に暮れ六つ(午後六時)に行くと、少しだけ遅れてお紋がやってきた。その先のことはよく考えていなかったが、お紋は落ち合うなり、いいところがあるからと、浅草旅籠町《はたごちょう》代地にある出合《であい》茶屋に連れて行った。酒と肴《さかな》を部屋に運んでもらったが、何を話したかよく覚えていない。二人だけの誰も邪魔の入らない小部屋である。お紋にすり寄られた庄吉は飢えた獣だった。

二人は、互いの体を貪《むさぼ》りあった。

「やっぱりあんたがいい。若い男がいい。あんたのような若い男が……」

お紋は何度も同じことを口にして、しがみついてきた。

「ずっとあんたのことを思っていたんだ」

「ああ、わたしもよ」

お紋は庄吉の気持ちに応《こた》えてくれた。

その夜を境に、寝ても覚めても庄吉はお紋のことを考えつづけた。同時に逢い引きを重ねた。会うたびに二人は肌を合わせ、互いの気持ちを熱くしていった。

「いいわ、わたしがあんたの博奕癖を直してあげる。それに、あんたはちゃんとやれば仕事ができるんだし、現に旦那さんだってあんたの仕事っぷりに感心しているんだしね」

「本当に旦那が……」

「嘘じゃないわ。庄吉は若いのによくできると買っているのよ。ただね、博奕癖がなけりゃもっといいのにと、いつもぼやいているわ。あんただって博奕から足を洗いたいんでしょ。だったら、わたしがその悪い癖を直してあげるから」

「どうやって……？」

「暇なとき、あんたの家に行くことにする」

「おれの家に」

「わたしがそばにいれば、どこへも行かないでしょ。そうすりゃ博奕なんかいつの間にか忘れてしまうわよ」

それからお紋は三、四日に一度、家に来るようになった。だが、庄吉の博奕熱は簡単に冷めはしなかった。

あの日、遊びに行かずに、お紋を家で待っていれば……。

そこまで考えると、胸に包丁を突き立てられ息絶えているお紋の姿が脳裏に蘇《よみがえ》った。

「いったい誰が……」

小さな声を漏らしたとき、さっきから隣の部屋でしているしわぶきが一段とひどくなった。

「お隣さん、大丈夫かい？」

声をかけると、申しわけありませんというか弱い女房の声が返ってきた。それから女房は亭主に小言をいった。

「あんた、ちゃんと薬を飲まないからだよ。いい加減飲んでくれないかね」

「すまないが、水をもらってきてくれないか」

亭主の声を聞いた庄吉は、

「それなら、下に行くついでにおれがもらってきてやるよ」

そういって、空《から》の銚子《ちようし》を持って一階に下り、女中に水と新しい酒をもらって二階の客間に戻った。

「水を持ってきたよ。入っていいかい」

どうぞと声がかかったので、庄吉は障子を開けたが、その瞬間嘘だろうと、信じられないように目を瞠った。

「これはご親切に……あの、どうかなさいましたか？」

年老いた女房が不思議そうな顔を向けてきた。

庄吉は慌てて首を振り、水を差しだした。まったくの錯覚だったが、一瞬、目の前の年寄り夫婦と自分の両親が重なって見えたのだ。おそらく年も同じぐらいだろう。

しわぶきをつづけていた亭主は半身を起こして、薬を飲み、一息ついた。

「うるさくして申しわけありません。どうかご勘弁を」

人のよさそうな年寄りだった。女房も亭主にならって礼をいった。

「何てことありませんよ。旅人さんですか？」

「ええ、江戸見物に来て明日、国に帰るところでございます」

「どこまで帰るんです？」

「越ケ谷《こしがや》です」

「越ケ谷……そこまでどれくらいです？」

「この宿場からだと五里《り》（約二十キロ）近くもありましょうか。若い方なら半日の旅でしょうが、わたしどもの足だと一日の覚悟です」

ごほんごほんと、亭主は咳《せ》き込んだ。庄吉は二人の荷物を見たが、そう多くはない。小さな土産物《みやげもの》しか買わなかったのだろう。

「よかったら、途中まで送って行きましょうか」

「いえいえ、そんなご迷惑はかけられません」

そんなことがきっかけになり、庄吉は年寄り夫婦の身の上話を聞くことになった。

「畳屋を永年やっていたんですが、この春隠居することにしまして、それで一度江戸見物などをしようと思い立ち、やってきた次第です」

「店は倅さんでも継いでるんですか？」

老夫婦は一瞬顔を見合わせ、ため息をついた。

「それが、閉めるしかなかったんです」

「なぜ？」

亭主はぐすっと洟《はな》をかんで、恥ずかしそうな、それでいて悩み深そうな表情になった。

「何か悪いことでも……」

「悪いってことではないんですが、できの悪い倅がいまして、これがどうにも跡は継ぎたくないと家を飛び出してしまったんです」

「大事に育てたんですが、どうにも聞き分けのない子になってしまいまして……」

女房も言葉を添えて、悲しそうな顔をした。庄吉は何だか自分のことをいわれているような気がした。

「出ていったまま帰ってこないんですか？」

「何が気に食わないのか知りませんが、家には寄りつきません。思い出したように、ふらりと戻ってきて、金をせびっていくだけです」

亭主は手焙りの炭をいじった。

「しようのない野郎ですね」

苦い思いを味わいながら庄吉は同情した。

「甘やかしすぎたわたしどもが悪かったのだと、そう思うようにしております。今は道に外れたことをしてくれないことを祈るばかりでございます。他人様《ひとさま》に迷惑をかけずに、なんでもいいから真面目に働いていれば、そのうち親の気持ちもわかるかもしれません。女房をもらい子を育てるときになって、やっとわたしらのことがわかるんでしょうけど、もうそのころ、わたしらは生きているかわかりませんからねえ」

「お兄さんにもご両親がおありでしょうが、どうか大事にしてやってくださいませ。いずれお兄さんも親と同じように年を取っていくんです。もっとも、若いときには親の苦労などわからないのが世の常なんでしょうが……」

庄吉は手焙りのなかの炭を見ていた。ぱちっと炭が爆《は》ぜた。

「じつはおれの親も職人でした。仕立屋をやっていたんですが、おれは継がなかったので、おじいさんと同じように店を閉めました」

「そうでしたか。それはそれは。でもご兄弟が……」

「いえ、おれも一人っ子でして」

「そうですか……でもご両親はご健在で」

「元気にしておりますが、親父のほうは心の臓が悪くて、体が弱っております」

「それだったら、なおさら大事にしてあげてくださいまし。何より子のことを心配するのが親です。たとえ子が人殺しをしようが、盗人《ぬすっと》になろうが、子を可愛いと思うのが親ですから。親というのは、いつまでも子供扱いするようなことをいいがちですが、それもこれも子が可愛いからなんです」

「あんた……」

女房に諫《いさ》められた亭主は、

「これはまた、説教じみたことを……申しわけありません」

と、頭をかきながら謝った。

「いえ、おじいさんのいうとおりだと思います。それじゃ、もう遅いのでこれで」

立って部屋を出ようとすると、亭主が呼び止めた。

「お兄さんは仕事でこの宿に？」

「へえ、近くに用があってきたんですが、明日まで待つことになり、それで……」

とっさの思いつきだったが、他にいいようがなかった。

「そうですか、それはご苦労様でございます」

自分の部屋に戻った庄吉は、手焙りの前にきちんと正座して、宙の一点をいつまでも見つめつづけた。

——たとえ子が人殺しをしようが、盗人になろうが、子を可愛いと思うのが親ですから。

隣の年寄りのいった言葉が胸に突き刺さっていた。

四

空は鈍色《にびいろ》の雲に覆われており、寒さが増していた。ときおり強い風が吹き、砂《すな》埃《ぼこり》がつむじのように逆巻《さかま》いた。佐久間河岸に向かう菊之助と次郎は、風が吹くたびに、顔の前に袖を持ってきて砂埃を防がなければならなかった。

朝は早かったが、二人が河岸地の普請場についたときには、すでに仕事がはじまっており、人足たちが忙しく働いていた。

与助は船着場の補強をする杭《くい》に、掛《か》け矢《や》を打ちつけていた。工事は進んでおり、半日もあれば作業は終わりそうな様子だ。

「これは昨日の……」

菊之助に声をかけられた与助は、手拭いで汗をぬぐい、掛け矢をもう一振りすると、そばにやってきた。

「なんですか、旦那。あの野郎とんでもねえことしてるじゃねえですか」

「おまえも聞いたか。それでおれたちも慌てているんだ」

菊之助は、昨日、親に頼まれて庄吉を捜しているといった手前、とぼけたことをいった。

「あいつが殺しをするなんて……」

「どこで知った?」

「うちの長屋の木戸番に人相書がまわってきたんですよ」

菊之助は内心で舌打ちした。おそらく源助店にも人相書がまわってくるだろう。何か手を打たなければならない。

「おれたちもさっき知ったんだが、まだ庄吉が下手人だと決まったわけじゃない。疑いがあるだけだ。そう聞いたがな」

うまく誤魔化して話す菊之助を、次郎が感心顔で見ていた。

「そうでしょうけど、御番所から手配をされるってことはただごとじゃありませんよ。それで、今日はどうしました?」

与助は手拭いで顔を拭きながら聞く。

「庄吉とつるんでいたという植田大三郎という男を知らぬか?」

「植田……ひょっとしてあの生《なま》っちろい気色の悪い浪人のことですか」

「たぶん、そうだ。どこに住んでいるか心当たりはないか?」

「そんなことはわかりませんよ。でも、何であの浪人のことを?」

「庄吉とつるんで博奕場に出入りしていたと聞いたんだ」

「それは違いますよ。あの浪人が庄吉に案内させていたんです。庄吉は離れたがっていましたけど、しつこいから断れないんだとぼやいておりました」

「いつごろのことだ?」

「二年ほど前のことでしょうか、さいわいあの浪人は、しばらくして上方《かみがた》に行くといって姿をくらましたんですがね」

二年前……。本多金次郎が殺されたのは三月前だ。

「上方に……だが、おかしいな……」

「どうしたんです。まさか、やつが戻ってきてるっていうんじゃないでしょうね」

「どうもそのようなのだ」

「ほんとですか」

与助は目をぱちくりさせた。

「庄吉とつるんでいるようなことを耳にしたんだ」

「それは厄介《やっかい》ですよ。植田って浪人は見た目もそうですが、蛇のようにしつこい男ですからね。それに人の二、三人は斬っていそうなやつです」

「気をつけよう。ともかく植田のいそうなところに見当はつかないか……」

与助はしばらく神田川を下ってゆく荷船を目で追った。

「あっしはそんなに深く付き合ったことはないのでわかりませんが、たしか庄吉は……」

与助はまたそこで言葉を切って、何かを思い出そうと曇った空を眺めた。

「そうだ。神楽坂《かぐらざか》の穴八幡《あなはちまん》そばの饅頭《まんじゅう》屋だ。なんという店か忘れましたが、植田はその店の婆さんの世話になっているらしく、一度そこに連れて行かれたことがあるといっていました」

菊之助は目を瞠った。

「神楽坂、穴八幡そばの饅頭屋だな」

「へえ」

「礼をいう」

そういって与助から離れた菊之助は、次郎に長屋に帰るようにいった。

「なぜです？」

「たった今、与助から聞いただろう、庄吉の人相書がまわっている。もう手遅れかもしれないが、庄七さんとお米さんの耳に入らないようにするんだ。それから様子を見て間に合うようだったら、長屋の連中に口止めをしておけ」

「でも、なんで……」

「何度も同じことをいわせるな。庄吉は疑いをかけられているだけで、まだ下手人と決まったわけじゃない」

「菊さんはどうするんです？」

「おれは、お紋のことを聞きにいく。それから神楽坂にまわる。もし秀蔵と連絡《つなぎ》がつきそうなら、神楽坂の饅頭屋のことを伝えるんだ。ともかく何かあったら使いを出す。さあ行け」

菊之助は次郎の背中を押した。

五

次郎を長屋に帰した菊之助は、薬研堀の磯亭に向かった。

空は相変わらずの鈍色だ。ぱっとしない事件を探っているので、まるで自分の心が空に乗り移っているような気がする。

菊之助は人でごった返している両国広小路——ここだけは空が晴れていようが曇っていようが関係ないにぎわいだ——を避け、横山町にまわりこむ道を選んだ。

磯亭は暖簾はかかっていなかったが、表戸は開いていた。店の前には打ち水がしてあった。

玄関を入り、そばにいた仲居に声をかけ、番頭を呼んでもらった。

「あれ、もうおいでですか？」

番頭は何か食べていたらしく、口を手で押さえ、もぐもぐやって呑み込んだ。

「昨日の今日だから早いとは思ったが、念のために訪ねてきたんだ……」

「いえ、わたしもお待ちしていたんです。構いませんので、どうぞお上がりください」

番頭は小上がりに通してくれ、自分で茶を淹れてくれた。

「何かわかったのだな」

「ええ、お訊《たず》ねの件ですが、二人ほどお紋と深い仲だったお客のことがわかりました。……どうぞ」

番頭は茶托《ちゃたく》に置いた湯呑みを滑らせた。

「それは……」

「ひとりは伊東《いとう》屋という古書を扱う店の藤一郎《とういちろう》さんという主人です。もうお一方は、井筒《いづつ》屋の嘉吉《かきち》さんという手代《てだい》です。伊東屋さんは本石町《ほんこくちょう》二丁目にございます。井筒屋さんは本町《ほんちょう》四丁目にございます呉服屋さんです」

井筒屋のほうはすぐに頭に浮かんだが、伊東屋のほうはぴんと来なかった。だが、古書を扱う店はそう多くないから、行けばすぐにわかるだろう。

「その二人以外には……」

菊之助は念のために聞いた。

「いなかったようでございます。こういったことは、やはり仲居のほうがさとうございます。お紋は内緒にしていたようですが、仲居の間で噂になっていたようでして……番頭のわたしもそういったことにはまったく気づきませんで……」

番頭は茶を口に含んだ。

「その二人とお紋はどれほどの仲だったのだろうか？」

「さあ、それは手前にはよく……」

番頭は首をかしげた。

「伊東屋藤一郎と井筒屋の嘉吉は、この店にはよく……」

「贔屓にしてもらっています」

「お紋が宿市に囲われたあとも変わりなく来ているということだな」

「そうでございますね。忘れたころに見えられる程度ですが……」

菊之助は床の間の掛け軸を眺めてから茶を飲んだ。

「何かの手がかりになればよいが……ともかく助かった。礼をいう」

「いいえ、お力になれればさいわいでございます」

菊之助は磯亭をあとにした。

空は相も変わらずの曇天《どんてん》である。そのまま神楽坂に行くつもりだったが、お紋と仲がよかったという男がわかった以上、先にそっちをあたるべきだろう。

通りを歩きながら、秀蔵のほうはどうなっているだろうかと考えた。昨日、植田大三郎という男のことは、すでに秀蔵に伝えてあった。

植田がどこで用心棒をしていたかは不明だが、道場荒らしをしていたなら、調べがつく。秀蔵は配下の手先を動員して市中の剣術道場をあたらせているはずだ。早ければ今日のうちにも植田大三郎のことがわかるかもしれない。

空は曇っているが、通りに軒を並べる商家は活気づきはじめており、天秤棒を担いだ振り売りの姿もある。供を連れた侍がいれば、米俵《こめだわら》を積んだ大八車も行き交っている。店のまわりをうろつく犬を追い払う奉公人もいる。

通油町《とおりあぶらちょう》、通旅籠町と過ぎて本町四丁目の井筒屋にやってきた。間口六間《けん》（約一一メートル）はある立派な呉服屋である。紺暖簾をくぐって店に入ると、「いらっしゃいませ」と、奉公人たちの声が一斉に飛んできた。

式台《しきだい》に若い奉公人がやってきて、膝をついて迎えてくれる。

「悪いが買い物ではない。手代の嘉吉というものに用があるのだ」

「嘉吉さんに……それでお客様は？」

「荒金菊之助と申す。手間はとらせない。会えるか？」

「少々お待ちください」

奉公人は帳場隣の部屋に消えていった。待つこともなく、嘉吉という手代が現れた。若い男だと思っていたが、三十半ばの恰幅《かっぷく》のよい男だった。

「嘉吉はわたしでございますが、何か？」

大きな目を瞠《みは》って式台に膝をついた。

「荒金と申す。わけあって町方の助《すけ》をしているものだが、薬研堀の磯亭という店にいたお紋という仲居を知っているな」

菊之助は嘉吉から目を離さなかった。

「へえ、存じておりますが、何やら不幸なことになったとか……」

お紋が殺されたことは広まっているようだ。

「その件で少し聞きたいことがある」

嘉吉はまわりを見て、

「それじゃ、お上がりくださいまし」

と、菊之助をいざなった。

店には仕立物や反物《たんもの》を選んだり、買い付けの談判をしたり、柄と寸法の打ち合わせをしている客たちがいた。

襖《ふすま》を払った畳座敷が玄関脇から奥に延びており、嘉吉は人気《ひとけ》のない奥に案内した。壁際には反物を入れた箪笥《たんす》がずらりと並んでいた。

「それでどのようなことで……」

嘉吉は脂《あぶら》ぎった額の下にある大きな目を向けてきた。

「まあ、ざっくばらんに話そうか」

菊之助は口調を変え、膝を崩して座った。

「お紋とどんな付き合いをしていた？　なに、おまえを疑っているのではない。やましいことがなければ、正直に話せるだろう」

釘を刺すようにいった菊之助は、相手の気持ちをやわらげるように頰をゆるめた。

「どんな付き合いと申されても……」

「客と仲居という関係ではなかったはずだ。もっと懇《ねんご》ろになっていただろう。違うかい。そう聞いたのだがな」

遮っていった菊之助は、小指で耳をほじった。嘉吉はしばし言葉に詰まったが、あきらめたように口を開いた。

「それじゃ正直に申しますが、ときどき店の外で会ったことがあります。そう多くはありませんが……」

「何回ぐらい？」

「さあ、何回だったか……五、六回だったと思いますが……」

「それはいつごろのことだ？」

「お紋が宿市さんに囲われる前のことです。二年以上前でしょうか……」

「それ以降、会ったことは？」

「ございません」

「まったくないというのだな」

「へえ」

嘉吉はまっすぐ菊之助を見つめて答えた。菊之助は注意深く嘉吉の表情の変化を見ているが、嘘かまことかよくわからない。

「……そうか。それで、お紋が殺された夜だが、どこにいた？」

「あの、荒金さん。ひょっとしてわたしのことを疑ってらっしゃるのですか」

「聞いているだけだ。どうなのだ？」

「あの日は……店を出て、まっすぐ家に帰りました。うちの女房に聞けばわかることです」

「家はどこだ？」

「鉄炮町《てつぽうちよう》の清五郎店《せいごろうだな》です」

「女房にその晩のことを訊ねてもよいか？」

「どうぞ、お好きになさってください」

嘉吉は半ば投げやりな口調になった。顔つきも素《す》に戻り、目を険《けわ》しくした。

「話を戻すが、お紋とはどんな仲だった。ただ外で会って、飯を食っただけとは思えないが……」

嘉吉は一度、膝許に視線を落として顔をあげた。

「子供の付き合いじゃございませんので、そりゃあ何度か……」

「……そうか、ま、いいだろう。仕事の邪魔をして悪かった」

そういって腰をあげると、嘉吉はほっとした顔になった。上がり口に戻ると、嘉吉が雪駄《せった》を揃《そろ》え直してくれた。右手で左手の袖をつまんだ、慣れた所作《しよさ》だ。店の躾《しつけ》の徹底ぶりがそれだけでわかった。だが、このとき嘉吉が左利きだということもわかった。

菊之助はまた訪ねるかもしれない、と一言いい残して、井筒屋を出た。

六

つぎに行ったのは、本石町の伊東屋である。

心当たりはなかったが、古書を扱う店は少なく、すぐに見つけることができた。

こちらは井筒屋と違い小さな間口で、店を入ったすぐのところに古書が積まれていた。絵草紙《えぞうし》や浄瑠璃《じようるり》本、洒落《しやれ》本の他に、どこで仕入れてくるのか蘭学《らんがく》書や漢《かん》籍《せき》の類《たぐい》まで揃っていた。

暖簾をくぐると、店番とおぼしき男が、暇にまかせ舟を漕いでいた。菊之助が声をかけると、びくっと肩を動かし、慌てたように目を覚ました。

「これは失礼いたしました」

「店主の藤一郎さんはいるか?」

「わたしですが……」

もっと年寄りだと思っていたが、そうではなかった。色白で、いかにも女好きのしそうなやさ男だ。

「ずいぶん若いな」

「早くに親が亡くなりまして、それで跡を継いでおりますので、みなさんよくそうおっしゃいます」

菊之助はそういう藤一郎の右手に注目した。怪我をしたのか手首に晒を巻いている。

「手はどうした？」

藤一郎は見られたくないのか、文机《ふづくえ》の下に晒を巻いた手を隠した。

「そそっかしいもので、釘に引っかけて怪我しただけです。それで、何か？」

菊之助は片眉を動かして、框《かまち》に腰をおろした。

「薬研堀の磯亭という貸座敷は知っているな」

「はい、ときどき寄合で行きますが、磯亭が何か？」

「磯亭にいたお紋という仲居のことだ。おまえさんと仲がよかったと聞いたんだが、知ってるな」

「そりゃ知ってはおりますが、あの仲居はもうとっくに店をやめて……」

「殺されたんだ」

言葉を遮られた藤一郎は、驚いたように目を瞠った。

「殺された……いつのことです？」

「三日前のことだ。知らなかったか」

「いえ全然。また、どうしてそんなことに……」

藤一郎がとぼけているのかどうか、菊之助には判断がつかなかった。

「それでその三日前の晩だが、どこにいた？」

「……あの、おたく様はいったい……？」

「わけあって町方の手伝いをしている荒金と申す。決してあやしいものではない。それでどうだ？」

「三日前でございますか……」

藤一郎は落ち着きなく目を泳がした。ときどき右手の傷が気になるのか、巻いている晒をさすったりした。

「あの何刻頃《なんどき》でしょう？」

「夕方から寝るまでのことを教えてくれ」

「店はいつものように暮れ六つには閉めまして、それから米沢町《よねざわちよう》の居酒屋で酒を飲んで、帰ってきました」

「その居酒屋にはどのぐらい居座っていた？」

「一刻半《いつときはん》（三時間）ぐらいだったと思います。ちょいと飲み過ぎたので、それぐらいはいたと思います」

「店の名は何という?」

「店の名は……すみません、初めて入った店なので、よく覚えていないのですが」

菊之助は藤一郎をにらむように見た。

「それじゃ、もう一度その店に行けばわかるな」

「そりゃ、もちろん。あのまさか、お紋を殺したのが、このわたしだと……」

「誰もそんなことはいっていない。おれは聞き込みにまわっているだけだ。ところで、女房はいるのか?」

「いえ、独《ひと》り身《み》でございます」

「使用人は?」

「恥ずかしながら、人の手を借りるほど儲《もう》けはありませんので」

「いないのか」

藤一郎はそうだとうなずく。

「おまえ、お紋とどんな仲だった?」

「どんなって……」

藤一郎は歯切れが悪い。

「恋仲だったのじゃないか?」

藤一郎は、驚いたように目を丸くした。

「付き合っていたんだな」

「いえ、そういうわけではありません。何といえばいいか、おそらくわたしはお紋に遊ばれたんだと思います」

「遊ばれた……」

「はい、初めて磯亭に行った日にお紋のことを知ったのですが……そうですね、もう二年以上前のことですが、何度目かに行ったときに結《むす》び文《ぶみ》を渡されまして、それで何度か会ったことがあります」

「それじゃ、向こうから粉《こな》をかけてきたというのか」

「そうです。きれいな女だったし、わたしも最初会ったときからいい女だと思っていましたので、誘いを受けて……その、酒の勢いで……」

藤一郎は何かを誤魔化すように、こめかみのあたりを指でかいた。

「付き合ったのはどれくらいだ?」

「そう長くはありません。付き合いはじめてしばらくしてから、宿市さんの妾になってしまったので、あとはそれきりで……」

どうやらお紋は多情な女だったようだ。藤一郎の話を信じれば、お紋は同じ時期に井筒屋手代の嘉吉とも付き合っていたことになる。

「それじゃ、お紋が妾になってからは会っていないのだな」

「はい、一度も」

「そうか……」

菊之助は腕を組んで、藤一郎が問題の日に行ったという居酒屋に、案内させるかどうか思案したが、

「邪魔をした。また、来ると思うが、そのときまで三日前の晩に行った店のことを思い出しておくんだ。思い出せなければ案内してもらう。よいな」

じっと藤一郎の目を見据えていうと、ごくっと、つばを呑んでうなずいた。

表に出た菊之助は、藤一郎の店を振り返った。「古書　伊東屋」と染め抜かれた暖簾の向こうで、藤一郎が立ちあがるのが見えた。

七

藤一郎には引っかかりを覚えるが、神楽坂の饅頭屋も気になっている。

菊之助は本石町から鎌倉《かまくら》河岸に出、雉子《きじ》橋を渡ってからお堀沿いの河岸地から九段《くだん》坂を上り、元飯田町《もといいだまち》の武家地を抜けて神楽坂に向かった。

曇っていた空から薄日が射しはじめ、歩く自分の影ができるようになった。町で見かける樹木のほとんどは葉を落としており、風に吹かれてかさついた音を立てていた。

牛込《うしごめ》御門を出ると、なだらかな下り坂となり、下りきったところからまた上りになる。その坂が神楽坂だ。牛込御門の脇には広い堀があり、鴨《かも》が泳いでいた。春になれば、またどこかへ行ってしまう渡り鳥だ。

神楽坂を一町《ちょう》（約一〇九メートル）ほど上ったところに穴八幡がある。その手前に小さな饅頭屋があった。おそらく人足の与助がいった店に違いないだろう。

小さな古い店だった。饅頭を蒸かす蒸籠《せいろ》の蓋《ふた》から湯気が立ち昇っていた。干し柿のようにしわ深い老女がそのそばに、ぼんやりした顔で座っていた。菊之助が店の前に立っても、うんともすんともいわず、手の甲をかきながらあらぬところを惚《ほう》けたように見ていた。

「もし……」

と、出しかけた声を菊之助は呑んだ。

店の奥、薄暗い部屋で柱にもたれ、足を投げ出している男の姿があったのだ。脇の火鉢に片肘《かたひじ》をつき、眠ったように目を閉じている。表から見ても、男の色の白さは際だっていた。与助がまるで死人のようだといったように、白蠟《はくろう》のような顔色だ。

「婆さん」

今度こそ、菊之助は声をかけた。

「いくつだい？」

婆さんはいきなり聞いてきた。

「後ろの部屋にいるのは、ひょっとして植田大三郎というものではないか」

婆さんの濁った目が、じろりと菊之助を見た。声が届いたのか、男が目を開けて菊之助に視線を飛ばしてきた。恐ろしいほど禍々《まがまが》しい目だった。菊之助は思わず背筋に鳥肌を立てたほどである。

「大ちゃんに用かい」

婆さんがいったとき、男がのそりと立ちあがった。脇に置いていた差料《さしりよう》をつかんで土間に下り、それからゆっくりした足取りで出てきた。

痩せている。削《そ》げたような頬、今にも人を射殺《いころ》すような眼光。明るい表に出てくると、その肌は透き通ったように白い。血管が見えそうなほどだ。

「おれに何の用だ？」

ぞくりとするような、ひび割れた低い声だった。

「訊ねたいことがある」

「名は？」

「荒金菊之助と申す」

「大ちゃん、店の前はごめんだよ。話すんだったら、よそへ行ってくれ」

婆さんにいわれた植田は、何も言葉を返さず、こっちへ来なと顎をしゃくった。

それから婆さんに声をかけた。

「お杉《すぎ》婆さん、すぐに戻る」

「ゆっくりしてきな。うちにいても何もやることないんだから」

言葉を返したお杉婆さんは、ちーんと鼻をかんだ。

菊之助は植田のあとに従った。敵意は感じられないものの、この男はえもいわれぬ妖気《ようき》を漂わせている。それに、冷たい。何もかもが冷たく感じられるのだ。菊之助は無腰《むごし》で来たことを悔やんだ。下手をすると斬りかかってくるかもしれない。植田はそんな危機感を抱かせるのだ。

植田は穴八幡の境内《けいだい》に入っていった。体から醸《かも》しだす妖気も不気味だが、足音を立てないその歩き方も異様であった。入った穴八幡は、牛込の総鎮守《そうちんじゅ》である高田《たかだ》八幡宮の旅所《たびしょ》である。旅所とは、祭礼などのとき本宮から繰り出された御輿《みこし》やご神体《しんたい》を一時預けておく場所のことをいう。

「何用だ？」

塔頭《たっちゅう》の前で植田大三郎が振り返った。

杉木立をすり抜けてくる薄日が、植田の白い肌に縞《しま》を作った。菊之助はこの男とのやり取りには、慎重にならなければならないと思った。

「庄吉という男を知っているな」

「……………」

植田は何も答えず、じっと菊之助を見てくる。その瞳は蛇のように冷たく、感情が読み取れなかった。返事を待ったが、植田は黙って見てくる。その目に嫌悪《けんお》が走った。

菊之助は間がもてなくなった。

「知らないのか？　そんなことはないはずだ。おまえとよく博奕場に足を運んだと聞いているんだが……知っているだろう」

「……あいつか。それがどうした？」

「わけあって庄吉を捜している。もし、知っているなら、どこにいるか教えてほしい」

「それだけか……」

菊之助は本多金次郎の家臣・立松左五郎の顔を思いだした。植田は本多金次郎を殺した下手人である。今ここで取り押さえてもよいが、簡単にはいかない。相手は両刀を帯びているし、さっきの足の運びを見るだけで相当の腕だとわかる。おまけに、こっちには何も武器がない。

「庄吉に会いたいのだ。もし、行き先を知っているならと思ってな」

「誰におれのことを聞いた」

「庄吉が出入りする賭場だ」

「どこだ」

こいつは油断がならない。植田は急所をついたことを問い返してくる。与助の名を出せば、与助に危害が及ぶだろう。

「本所のある旗本屋敷の中間部屋だ」

植田の瞼《まぶた》がひくっと、動いた。

「おめえは信用がおけぬ。去《い》ね」

植田はそういうなり、鯉口《こいぐち》を切った。

「待て、庄吉の居場所を知っているなら、教えてくれ」

「知らぬ」

右足が踏み出された。菊之助は一歩下がって間合いを外した。

「知らないとわかれば、それでいい」

菊之助は植田から目を離さず、一歩二歩と大きく下がり、穴八幡を出た。脇の下にじっとりと汗をかいていた。

通りに出た菊之助はその辺で人を雇い、本所にある本多家の立松左五郎に使いを出そうかと考えた。それとも近くの番屋に行き、助を頼み、植田を召し捕らえるか……。

ともかく、立松には植田大三郎を捜しあてたことを知らせるべきである。

菊之助はお杉婆さんの饅頭屋をやり過ごして、坂を下りた。少し行ったところに、小間物屋《こまもの》があった。暇そうに店番をしている小僧がいる。

使いを頼むために、店に入り声をかけた。

「何でございましょう」

「少し遠いが使いに……」

声を呑んだのは、小僧の目が驚愕《きょうがく》したように見開かれたからだった。菊之助が後ろを見ると、店先に植田が立っており、じっとこっちを見ていた。

菊之助は一瞬、凍りついたように体を固めた。

第四章　神楽坂下

一

「いや、もうよい」

菊之助は小僧にそういい置いて、店を出た。植田大三郎は黙したまま菊之助を見ている。

「庄吉のことで何か思い出したか？」

そう聞くが、植田は何も答えない。冷え冷えとした目で見てくるだけだ。

「何も知らなければ用はない」

「去ね」

菊之助は、ぶっきらぼうにいった植田の、奇妙なほど白い顔を見て背を向けた。

ここで騒ぎを起こしても何の得にもならない。神楽坂をいったん離れ、どこか適当なところで立松左五郎に使いを出そうと考えた。植田が庄吉の行方を知らなければ、これ以上関わり合うことはないのだ。

だが、しばらくして背後を尾《つ》けてくる気配を感じた。振り返ってたしかめるまでもなく、植田であろう。菊之助は来た道を引き返した。

牛込御門を過ぎ、武家地に入る。なおも植田が尾けてくる気配がある。

どういうつもりなのだ……。

菊之助は背後にぴりぴりした気を配って歩きつづけた。

飯田町を過ぎ、九段坂を下った。なおも植田は尾けてくる。

これ以上しつこくまとわりつかれたくなかった。菊之助は足を速め、冬の薄日を照り返すお堀端の道を黙々と歩く。鎌倉河岸にやってくると、三河町《みかわちょう》新道に入り、町屋を右に左にと折れた。

植田の気配はなくなった。尾行をあきらめたか、うまくまいたのだろう。後ろを振り返っても植田の姿は見あたらなかった。菊之助はほっと安堵《あんど》の吐息をついた。

「まったく気色の悪い男だ」

首を振って歩き、永富町《ながとみちょう》から皆川町《みながわちょう》を抜け、竜閑川《りゅうかんがわ》に架かる主水橋《もんと》を渡ったとき、菊之助はどきりと心の臓を脈打たせて立ち止まった。目の前に植田が現れたのだ。仁王立ちになって、あの禍々しい目でにらんでくる。さらに異様な殺気まで放っているではないか。

「……気に食わぬ」

植田は低く吐き捨てるなり、刀をさらりと抜き払った。通りを歩いていた町のものが驚いて脇にどいた。突然のことに腰を抜かしたように、尻餅をついたものもいた。

菊之助は足がすくんだように逃げることができなかった。白昼であるし、人目もあるというのに、植田はそんなことには頓着《とんじゃく》しないようだ。

「……斬る」

短く吐き捨てた植田の目がくわっと開き、赤く血走ったと思ったら、地を蹴るなりムササビのように飛んできた。袴の裾が風音を立て、刀がきらりと光を放った。

菊之助は一瞬遅れたが、横に転がるように動き、商家の壁際に積んであった薪《まき》束から一本の薪ざっぽうを引き抜いた。かわされた植田はすでに間合いを詰め、斬りかかろうとしていた。周囲で悲鳴や叫び声がしていた。

菊之助は手にした薪ざっぽうを植田の脛《すね》をめがけて投げた。軽くそれをかわした植田は、袈裟懸けに刀を振り下ろしてくる。菊之助の袖口が裂けた。

こういったときは直線的な動きをしないほうがいい。菊之助は弧を描くように逃げ、目の端で手にするものはないかと探すが何もない。その間にも植田は鋭い突きを送り込んできて、さらに横一文字に刀を振り抜く。

動きには無駄がなかったし、十分に腰が入っていた。だが、菊之助は植田の間合いを外しながら逃げる。

「斬り合いだ！」

「誰か番屋へ行って町役《まちやく》を呼んでこい」

そんな声が聞こえるが、菊之助の助けにはならない。植田は逃げまわる菊之助に苛立《いらだ》ちはじめていた。

平青眼《ひらせいがん》に構え直した植田が呼吸を整え、じっと見てきた。菊之助も息があがっていた。

すぐそばに路地がある。人ひとりがやっと通れるような猫道だ。植田はじりじり間合いを詰めてくる。菊之助は植田の動きを見ながら、ゆっくり猫道に動いた。

「親分が来たぞ！」

誰かが岡っ引きを連れてきたらしい。

そのとき、菊之助は猫道に飛び込んで、必死に駆けた。角を曲がり、裏店の路地を走った。洗濯物を抱えていたかみさんを突き飛ばした。

罵声《ばせい》があがって、悲鳴が重なった。菊之助には後ろを振り返る余裕がなかった。

二

次郎は日だまりに座り、長屋の連中に目を配っていた。

菊之助が心配したように、この長屋にも庄吉のことはそれとなく流れていた。それで一軒一軒をまわり、口さがないかみさん連中や居職《いじょく》の住人たちに、それとなく口止めをしておいた。木戸番小屋で人相書のことを聞いてもいた。やはり、庄吉の人相書は、高砂町の番屋からまわってきていた。

その木戸番小屋の番太《ばんた》にも、次郎は気を使ってくれと頼み込んでいた。

井戸端のそばで子守をしている女房がいた。ねんねこを着た女房は、片足で静かに拍子を取るように体を揺らし、子守唄を口ずさんでいる。背中の赤ん坊は気持ちよさそうに眠っていた。

次郎はときどき木戸口を見やり、秀蔵か五郎七《ごろしち》、あるいは寛二郎、甚太郎《じんたろう》でもいいからやってこないかと思っていた。秀蔵の手先には聞きたいことがあるし、伝えなければならないことがある。

足許の石ころを拾って、そばに放り投げた。菊之助の調べはうまくいっているだろうか、何か新しい手がかりをつかんだだろうかと、ぼんやりと思う。

それから庄吉のことを考えた。さっき、庄七とお米を訪ねたが、こっちが恐縮するほど謝られた。

「もう、そのことはいいですよ。短気を起こしたおいらも悪かったんですから」

「庄吉は次郎さんに手を出して、怪我もさせちまって……」

「何度もいわないでください。おいらは何とも思っちゃいませんから」

庄七に平身低頭されると、それまであった庄吉への怒りは薄れていった。

あんなに人のいい親なのに、どうしてろくでもない倅になっちまうんだと、次郎は自分のことを棚に上げて庄吉のことを思った。

がらっと、戸の開く音がしたので、そっちを見ると、戸口から顔を出したお米と目が合った。

「次郎さん、お昼を食べにおいでなさいまし」

お米はやさしく微笑みかけてくる。

「遠慮はいりませんから、お寄りなさいましよ」

断ろうと思ったが、次郎は腹も減っていたし、お米の柔和《にゅうわ》な誘いを断れなかった。

「いいんですか？」

「遠慮なんかいりませんよ。さあさあ……」

次郎は誘われるまま、庄七とお米の家に入った。

年寄り夫婦はどこも家のなかが乱雑だが、この家は夜具は枕屏風《まくらびょうぶ》できちんと囲ってあり、竈《かまど》の横にある食器棚もきれいに片づいている。それに箪笥や火鉢といった調度《ちょうど》も、安物ではない。真面目にこつこつ働いて小金を貯めたというのはそれとなくわかる。

「口に合うかどうかわからないけど、遠慮しないで召しあがってください」

お米がやさしく勧める。次郎は遠慮せずに飯碗を受け取り、箸を動かした。卵焼きに昆布の佃煮《つくだに》、奴《やっこ》が添えられていた。みそ汁の具は大根だったが、濃くもなく薄くもなくうまいと感じた。

「次郎さんは、うちの庄吉と同じぐらいの年だね」

庄七が飯を頬ばりながらいう。

「おいらは二十歳《はたち》ですから、庄吉さんのほうが少し上です」

「そうでしたか。庄吉には次郎さんの爪《つめ》の垢《あか》でも煎《せん》じて飲ませたいぐらいだ。あんたのように、うちの倅も聞き分けがよかったら……」

そんなことをいわれると、次郎はくすぐったくなる。

「どこで何をしてるんでしょうね」

お米がぼんやりした顔でいう。まさか、殺しの疑いをかけられて逃げているとは教えられない。次郎は黙々と飯をかき込んだ。

庄七が箸をとめていった。

「もうあいつのことは忘れよう。そうしたほうがよっぽど気が楽だ」

「そうはいっても、いつまでもふらふらしてるようじゃ先が思いやられます」

今度はお米だ。

「……いつからぐれちまったんです?」

次郎は夫婦の会話に口を挟んだ。

「いつごろでしょうか。あの子が二十歳になるかならないころだったでしょうか

「……」

「それまでは真面目に働いていたんですか？」

「素直に仕事を手伝っておりました。……悪い仲間ができたんですね。朱《しゅ》に交われば何とやらで、そっちのほうがおもしろかったんでしょう。あのとき、もっと厳しくしていれば、違ったかもしれませんが……」

庄七はため息をつきながらいう。

「それじゃ、仕立て仕事はできるんですね」

「太鼓判《たいこばん》は捺《お》せませんが、人並みの腕は持っています。そのように仕込んできましたから」

「もったいないですね」

「まったくです」

「……今日は体の調子はどうですか？」

次郎は箸を止めて庄七を見た。相手がやさしく接してくると、こっちまでやさしくしてやりたくなる。人というのはそういうものかもしれない。

体のことを聞かれた庄七は、照れたように目尻に深いしわを寄せた。

「今日はわりあい楽です。もっとも、いつも具合が悪くなるわけじゃないんです。

ときどき忘れかけたころ、差し込みが起きるんで始末に負えません」

「庄吉が厄介《やっかい》ごとを持ってくると、決まったように起きるんですよ。親の体のことはわかっているんだから、そのへんを考えてくれるといいんですけど、これじゃ長生きできないわね、あんた」

お米は庄七をいたわるように見る。次郎はそんな年寄り夫婦を見て、いい人たちなんだろうと思った。

「そうはいっても親は親です。わたしたちゃ貧乏してもいいから、あの子だけには一人前になってほしいんです。もう店を継げとか、あれをしろこれをしろと口うるさいことはいわずに、好きなことをやらせたいと思います。あれがそう望むなら仕方ないことですから。それが本人のためでしょうから……」

庄七はしみじみといって、お米から茶を受け取った。

「とにかくまっとうに生きてくれさえすりゃ、それでいいんです。こんなことを次郎さんに話しても仕方ないことですけど、いや、愚痴を聞かせてしまって申しわけありません」

「……いえ」

「あの子はわたしたち親からはぐれてしまった鳥なんです。どこで何をしているのやら。いつ戻って来てくれるのやら……」

どこか遠くを見ながらいうお米の目尻に、かすかな涙がにじんでいた。次郎はそんな親心を知って、思わず胸を熱くした。何とかこの年寄り夫婦のためになってやりたい。どうやって……。庄吉には殺しの嫌疑がかかっている。だが、それが白黒はっきりするまでは、この件はなるべく耳に入れないようにしようと思った。

「ご馳走《ちそう》様でした。うまかったです」

次郎は飯碗を置いて、昼飯の礼をいった。

「独り暮らしは何かと大変でしょうから、いつでもいらしてください」

「ありがとうございます」

表に出ると、雲が少なくなって日射しが強くなっていた。昼間の長屋は静かである。暖を求めて猫が屋根の庇《ひさし》で日向《ひなた》ぼっこをしていた。

次郎もさっきと同じ日溜まりに尻をおろして、じっと地面を見つめた。自分はこれまで庄吉を恨んでいた。殴られたお返しをしてやりたいと憎んでいた。それにお紋を殺したのは庄吉に決まっている、あんな野郎は捕まって、とっとと打ち首になればいいとさえ思っていた。

だが、菊之助がいったように、決めつけてはいけないというのが今になってわかった。また、あの年寄り夫婦を思いやる菊之助の気持ちもわかった気がする。

おれはまだ半人前だなと、次郎は顔をあげて、雲の隙間に顔をのぞかせた太陽に目を細めた。

「次郎」

声に振り返ると、颯爽《さっそう》と近づいてくる秀蔵の姿があった。後ろには小者の寛二郎がついていた。

次郎は発条《ばね》仕掛《じか》けの人形のように立ちあがると、尻を払った。

三

「菊之助はどこへ行っている?」

「昨夜申した植田大三郎という浪人を捜しに行ってるはずです」

「なに、やつの居場所がわかったのか……」

秀蔵は目を輝かした。男でも吸い込まれそうな魅力ある目だ。次郎は秀蔵の前だとどうしても固くなってしまう。

「いるかどうかわかりませんが、庄吉と仲のよかった人足が、神楽坂の饅頭屋を教えてくれたんです」

「饅頭屋……」

「ええ、植田はその饅頭屋に世話になっているらしいんです」

「そうか……」

秀蔵はきれいに剃《そ》った顎をなでながら、まわりに視線をめぐらした。しばらくそうやって考えたあとで、

「もし、その饅頭屋に植田がいるとわかったら、使いを寄こすだろう。それでおまえはなぜここにいる？」

と、次郎に顔を戻した。

「菊さんにいいつけられまして……」

次郎は菊之助に指図されたことをそっくり話した。話を聞いた秀蔵は感心したように、「そうかい、そうかい」とうなずき、

「やつらしい心憎い気配りだ。それで、やることはすませたのかい？」

「かみさん連中には口止めしましたが、出職の職人たちにはまだです」

「ふむ、感心だ。それじゃ、そっちはおまえにまかせる。しっかりやれ」

「それで、旦那は……」

「菊之助に先を越されたようだが、おれもこっちの年寄りのことを考えて、このあたりにある番屋の人相書をしばらく差し止めておこうと思ってな。木戸口を通りかかったら、おまえが見えたってわけだ」

「そうだったんですか。それで、庄吉のことは……」

　秀蔵はわからないと、渋い顔をして首を振った。

「だが、植田大三郎のことは大まかにわかった。やつは人斬りと恐れられている男のようだ。市中の道場破りは一件二件じゃねえ。調べでわかっただけでも両手の指じゃ足りねえぐらいだ。それに植田が刺客《しかく》仕事を請け負うこともわかった」

「そんな野郎と庄吉が……」

「人ってのはわからねえもんだ。ともかく何かわかったら、こっちに誰かを走らせる。菊之助から連絡が入ったら、番所に知らせてくれ」

「承知しております」

「それから、せっかく菊之助が気を回しているんだ。そこの年寄りの面倒を見てやれ。倅はどうなるかわからねえが、親には何の罪もねえ。頼んだぜ」

にやっと笑みを見せた秀蔵は、励ますように次郎の肩を叩き、くるっと羽織をひるがえして長屋を出ていった。

その背中を惚れ惚れと見送る次郎は、何と粋《いき》なんだろうと思わずにはいられない。自分もあんな町方になれないものかと思うが、それは天地がひっくり返っても叶《かな》うことではない。だが、菊之助のような人にはなれるかもしれないと思う次郎であった。

秀蔵と菊之助を比べても仕方ないことだが、飾りっ気がなく、ちっとも気取ったところのない、それでいて、いざとなると強くてやさしい菊之助のほうの肩を持つ。秀蔵は、次郎にとっては手の届かない憧れの人なのだ。それでも、そんな人が気さくに声をかけてくれるのが嬉しかったし、自慢でもあった。

また、羨《うらや》ましいと思うことがある。菊之助と秀蔵は顔を合わせると、乱暴な口を利き合うが、そのじつとても仲がいい。お互いを信頼しあっている。従兄弟同士ということもあるが、二人はそれ以上の太い絆《きずな》でつながっているような気がする。

秀蔵と小者の寛二郎の姿が見えなくなると、次郎はまたさっきの日溜まりに尻をおろした。

四

植田大三郎からうまく逃げ切った菊之助だったが、まだ不安があった。江戸の一大商業地のひとつ、本石町の通りにいたが、どこかであの植田の冷め切った目が自分に向けられているような気がしてならない。

人の行き交う雑踏に紛《まぎ》れてはいるが、すぐそこの横町から出てくるのではないかと気が気でならない。このあたりは米問屋から小間物問屋、あるいは反物や瀬戸物、その他細々《こまごま》した小さな店がひしめき合っていて、仕入の商人やその応対をする問屋のものたちの姿が目立つ。

一度、自分の長屋に帰りたいが、植田の追跡を完全にまいたという自信がなかった。また、自分の住まいは決して知られたくなかった。ともかく菊之助は周囲に警戒の目を配りながら、人の多い町屋から町屋へと抜けていった。

小伝馬町《こてんまちよう》まで来たとき、このまま高砂町の長屋に戻ろうかと迷ったが、そのまま馬喰町から横山町に入り、そして江戸一番の盛り場・両国広小路の人混みに紛れた。

笛や太鼓の音、芝居小屋や見世物小屋の呼び込みの声、さらに道端で声を張る講釈師などの声が渾然《こんぜん》一体となっていた。

菊之助がここまで神経をすり減らすのはめずらしかった。それは説明のつかない恐怖を植田大三郎という男に感じるからだ。

あの男の妖気はただものではない……。

狙ったものをねちっこいほどに追い、気がすむまでいたぶっても、それでも満足できないという凶悪な貪欲《どんよく》さが肌を通し、心の襞《ひだ》にまで入り込んでくるような恐怖感を覚えるのだ。

菊之助はそれだけに用心深くなっていた。大道芸人の見物客に隠れ、矢場《やば》の裏にまわり、人でごった返す盛り場を警戒しつづけた。大丈夫だろうと思い至るには、ゆうに一刻はかかっただろうか。

雲に見え隠れしていた太陽が傾きはじめていた。

菊之助はようやく普段の冷静さを取り戻し、それでもまわりに注意の目を向けながら源助店に戻った。

このときも表木戸からは入らず、裏の広場を回り込むという用心深さだった。井戸端でお志津と次郎が立ち話をしていた。声をかけるまでもなく、二人が菊之助に気づき、笑顔を見せたが、菊之助の表情は硬いままだった。

「どうしました？」

次郎が聞いてきた。

「うむ、植田大三郎に会った。会ったが、ひどい目にもあった」

「どういうことです？」

お志津が心配そうに見てきた。

「話はあとでする。その前に次郎、おれの仕事場に来てくれ」

そういったあとで、菊之助はお志津に顔を戻した。

「次郎から聞いているとは思うが、庄吉のことは庄七さんとお米さんには、この一件がはっきりするまで教えたくない。もっとも、悪いほうに転がれば話す頃合いが難しくなりはするが。ともかく長屋のものたちに、お志津からも口止めを頼む」

「それはもう……」

「菊さん、横山の旦那が来ました」

次郎がいった。

「何かいっていたか？」

「近くの番屋にまわされている人相書をひとまず差し止めるといってました」

「そうか。ともかく仕事場に……」

菊之助は仕事場に入ると、喉を鳴らして水を飲み、一息ついた。

「ひどい目にあったって、どういうことです?」

次郎は気が気でない様子だ。

「植田に斬られそうになった。やつは何とも恐ろしい男だ。あんなやつと庄吉がつるんでいたというのが信じられん」

「恐ろしいって、どんなふうに……」

「一言ではいえん。これからは刀を差して出歩くことにするが、ともかく植田の件を立松左五郎殿に伝えなきゃならん」

菊之助はそういって、筆を取ると短く半紙にしたため、それを細く折って結び文にした。

「これをあとで立松殿に届けてくれ。植田を見つけたことが書いてあるが、敵《かたき》を容易には討てないだろう。下手をすれば、返り討ちにあってしまうかもしれない」

「そんなに強い男なんですか?」

「強い。口ではいい表せないほど恐ろしく強い男だ。それで、秀蔵の調べはどうなっているんだ？」

「その植田のことをいってました」

「なんと？」

「やはり道場破りをしていたそうで、それに刺客仕事を請け負う男だと」

「刺客を……さもありなん。他には……」

「庄吉のことはまだわかっていないようです。ともかく菊さんと話がしたいようなことをいっていました」

「そうか、それならやつに連絡《つなぎ》をつけよう。よし、おまえはこの結び文を番太の吉蔵《きちぞう》に頼んでくれ、そのあとで御番所に走れ」

「合点《がってん》です」

「それで、庄七さんの様子はどうだ？」

「変わりはありません。持病も治まっているようです。今日は昼飯を食わせてもらいましたが、あの年寄り夫婦はほんとにいい人ですよ。心から庄吉のことを思っているってのがわかりました」

次郎はそういって、昼飯を馳走になりながら庄七とお米から聞いたことを話した。

「……お米さんは、庄吉のことを親からはぐれてしまった鳥だって、そんなこともいいましてねえ。何だかおいらも、きゅうっと胸がつまっちまった」

「親からはぐれた鳥か……だが、今は巣に戻りたがっているんじゃないかな」

「巣……」

「親鳥の待つ巣だよ。親ってえのはいつでも羽を広げて子供を待っている。お米さんも同じなんだろう。行き場をなくした庄吉は迷っているはずだ。その巣に帰ろうかどうしようかとな。自分からはぐれた鳥かもしれないが、今は迷い鳥になってるんだろう」

「迷い鳥……」

「ともかく秀蔵に連絡をつけ、〈翁庵《おきなあん》〉に来るようにいってくれ。その前にこの文を忘れるな」

翁庵はときどき秀蔵と密談に使う本材木町《ほんざいもくちょう》にある蕎麦屋だった。

「それで、菊さんはこれから……」

「おれは本石町にある伊東屋の主に会う。まだ若い藤一郎という男だが、気になることがあるんだ」

「伊東屋……」

菊之助は磯亭の番頭から聞いた、お紋と深い仲だった伊東屋藤一郎と、井筒屋の手代・嘉吉のことをかいつまんで話した。

「お紋が殺された晩のことだが、伊東屋は曖昧なことしかいわない。もっとも、井筒屋の嘉吉もまだ裏打ちをしてみないとわからないが、ともかく秀蔵と立松殿に連絡を……」

菊之助が結び文を渡すと、次郎はひとっ走りしてくると飛び出していった。

ひとりになった菊之助は、大きな吐息をついた。それから、枕屏風の裏に隠している愛刀を取りだした。

亡き父から譲り受けた「藤源次助眞《ふじげんじすけざね》」である。

さらりと鞘《さや》から刀を抜くと、磨き抜かれた二尺三寸九分《ぶ》（約七二センチ）の刀身があわい光を弾いた。

菊之助はその刃を眺めながら表情を引き締めた。

五

「お志津、袴を出してくれ。着替える」

家に戻った菊之助は短くいいつけた。お志津の目が菊之助の手にしている刀に行ったが、何もいわなかった。

菊之助は袷《あわせ》の着物を着替え、帯を締め直した。帯を締める菊之助は宙の一点を見つめつづけていた。お志津は無言で脱いだ着物をたたみ、袴を差し出す。菊之助が袴に足を通すと、お志津が前にまわって紐を締める。この辺は阿吽《あうん》の呼吸である。

「さっき申したこと、おまえにまかせる。次郎より、お志津からいってもらったほうが長屋のものたちも納得するだろう」

「心得ています」

お志津の表情はいつになく硬い。夫の別の顔をすでに知っているからである。秀蔵の助働きをすることはすでに話してあり、お志津も理解を示していた。もちろん、それがときに危険になるということも承知している。

しかし、今回の菊之助のただならぬ様子を見て、少なからず不安になっているのだろう。口が重いのはその証拠だ。

「……無理はなさらないでください」

「わきまえている。心配は無用だ。最後の詰めはいずれ御番所の仕事なのだし、秀蔵らにまかせる」

今後どういう成り行きになるかわからないが、そういうしかなかった。

脇差を帯び、大刀を受け取ったとき、お志津が見つめてきた。唐紙《からかみ》をすり抜けてくる日の光がその頰を染めている。

「……どうした？」

「今夜は遅くなりますか？」

「わからぬ。ここ二、三日は忙しいだろう。それに、庄吉の親にもこの件はいつまでも隠せるものじゃない。いずれ庄七さんかお米さんの耳に入るはずだ。だが、それまでに何とか決着をつけたい。庄吉が無実であればよいのだが……」

「いいつけはしっかりやっておきますから」

「頼む」

切り火を切られて家を出た菊之助は忙しい。

秀蔵と立松左五郎と会う前に、伊東屋藤一郎のことをもう少し調べておきたかった。

西の空に傾いた太陽は、引きちぎれた雲を染めはじめている。

着替えをしたのも大小を帯びたのも、植田大三郎を警戒してのことであったが、やはり刀を差していると安心するし、もし万が一、いまだ植田が自分を捜していたとしても、着替えたことで少しは欺《あざむ》けるはずだった。

伊勢町《いせちょう》河岸から室町《むろまち》の通りに入り、本石町二丁目の伊東屋に行ったが、菊之助の足はそこで、はたと止まってしまった。

なんと、伊東屋は暖簾を下ろし、店を閉めていたのだ。ついさっき植田から逃げるときにこの近くを通ったが、伊東屋をたしかめることはしなかった。

「どういうことだ……」

胸の内でつぶやき、試しに店の戸を叩いて声をかけたが、返事はない。裏にまわっても人のいる気配はなかった。

まさか藤一郎がお紋殺しの下手人だったのか……。そう思いたくはなかったが、近所で伊東屋のことを訊ねてみた。

「藤一郎さんなら、昼過ぎに買いつけに行くんだと出かけられましたよ」

そう教えてくれたのは、三軒目に訪ねた乾物屋《かんぶつ》の主だった。

「買いつけに……それでどんな恰好だった？」

「恰好……」

乾物屋の主は目を丸くして首をかしげた。

「旅に出るような恰好ではなかったか？」

「さあ、それはどうでしょう。いつもと変わらなかったように見えましたが……何か、藤一郎さんが……」

「いや、まあよい。少し待ってみることにする」

菊之助はそういって伊東屋の近くで待ったが、いろんなことが頭のなかを駆けめぐった。藤一郎がもしお紋殺しの下手人だったなら、自分はしくじったことになる。神楽坂に行く前にもう少し問い詰めておくべきだった。しかし、今となっては遅い。

それに、植田大三郎のこともある。植田に殺された本多金次郎の家臣、立松左五郎は滝口と野村の三人で敵を討つつもりでいるが、思い通りに事が運ぶとは思えない。無論、あの三人もそれ相応の剣の腕はあるだろうが、果たして植田に通用するかどうか……。

日が落ちるにつれ自分の影が長く延びてゆく。

小半刻《こはんとき》（三十分）ほど待ったが、菊之助は出直すことにした。もし、藤一郎が逃げたのなら、ここで待つのは無駄になる。

伊東屋をあとにすると、急ぎ足になって本材木町の翁庵に向かった。秀蔵と内密な話をするときは、この蕎麦屋を使うことが多い。それに亭主はそんな菊之助たちに、気を利かせてもくれる。文を受け取った立松左五郎らも、翁庵に来てくれるはずだ。

店は楓川《もみじがわ》に架かる新場《しんば》橋の近くにある。店の前の川は夕日に照り輝いていた。暖簾をくぐったが、秀蔵も立松らもまだ来ていなかった。次郎もいないので、まだ会えないでいるのだろう。

ひとまず奥の座敷に上がり込んで、蕎麦を注文した。ここの蕎麦は他の店より麺が細いが腰があり歯応えもあった。さらに、つゆも絶妙の甘みとコクがあった。考えてみれば昼飯抜きだったので腹が減っていた。蕎麦を運んできた主に、酒をつけるかと聞かれたが、今日は遠慮しておくと断った。

蕎麦を二枚平らげ、小腹を満たしたところで次郎がやってきた。

「連絡はついたか？」

「へえ、五郎七さんが走っていますので、おっつけ見えるでしょう」

「ご苦労だ。おまえは長屋に帰ってくれないか」

「いちゃまずいですか……」

次郎は期待外れの顔をした。

「じきに出職のものらが帰ってくる。お志津にも口止めの件は頼んであるが、酒の勢いでしゃべるやつもいる」

「熊吉《くまきち》さんですね……」

普段はそうでもないが、大工の熊吉は酔っぱらうと平生《へいぜい》のことを忘れがちな男だった。そのために女房のおつねと諍《いさか》いが絶えない。

「誰とはいわぬが、そうしてくれ」

次郎は仕方がないという顔で店を出て行った。

菊之助は伊東屋藤一郎のことが気になっていた。秀蔵と立松らと話したあとで、もう一度行ってみようと考える。それに庄吉の行方が気になっている。

いったいどこへ行っているのだと、庄吉のことを思っても、はっきりとした顔は浮かばない。後ろ姿を見たぐらいで、面と向かい合っていないのだ。人相書だけではぴんと来ないものがある。

「待たせたかい」

腰をかがめ、暖簾を押しあげて秀蔵が入ってきた。

六

秀蔵についている鉤鼻《かぎばな》の下っ引き・五郎七も、少し離れたところに腰をおろした。秀蔵は蕎麦を注文したあとで、本題に入った。

「先におまえの話から聞こうか……」

うながされた菊之助は、これまで調べてきたことを順を追って話していった。秀蔵は神妙な顔で聞き入る。途中で蕎麦が届いたが、菊之助の話が終わるまで手をつけなかった。

「植田のことはともかく、伊東屋の藤一郎のことは気になるな。あとでおれもいっしょに行ってみるか」

「手は空いているのか？」

秀蔵は蕎麦をすすってから答えた。

「今のところ、これといった手がかりはない。庄吉のことは本所方が捜しまわっているが、まだ何もわかっちゃいねえ」

「まったく見当《けんとう》もつかないってことか……」

見た目の品のよさとは違い、秀蔵はずるずると蕎麦をすする。豪快だ。

「見当はつけている。庄吉と親しい賭場仲間が何人か割れている。その仲間の家に見張りが目を光らせている。網はちゃんと張っているさ」

「江戸から逃げたら、お手上げだぞ」

「そんなこたあ百も承知だが、手を抜くわけにはいかねえだろう」

「……それはそうだ」

菊之助は蕎麦をすする秀蔵を見ながら応じた。

「しかし、その植田って野郎をよく見つけたな。寄合肝煎・本多金次郎様が殺された一件は、番所のほうでも手を打っていたんだが、まったくの手がかりなしだった。家中のものが先にその植田を嗅ぎつけたってえのは執念《しゅうねん》としかいいようがねえ。たいしたものだ」

「やはり知っていたのか？」

「あたりめえだ。だが、本多家から当主が刺殺されたという話があったのは、当主の金次郎様が死んだ一月後だ。そもそも博奕は御法度《ごはっと》だし、その客に殺されたとあっちゃ家中の恥だ。本多家はそのへんで苦心したんだろう。まあ、わからなくもねえ」

武家は体面を重んじる。しかも大身旗本となれば、家中の品格を落としたり、恥となるようなことは滅多に表沙汰にしないものだ。町奉行所への探索の依頼は、苦慮《くりよ》した末のことだったのだろう。

閉められていた窓障子がカタカタと音を立てて揺れた。風が出てきたようだ。入ってくる隙間風に、燭台《しよくだい》の炎がふらっとゆれた。

「ともかくやれるところからやらなきゃならねえが、植田大三郎のことがわかった以上、おれも黙っているわけにはいかねえ」

「まさか、敵討ちを止めさせるというわけでは……」

「そんな野暮《やぼ》なことはしねえさ。だが、知っていながら見て見ぬふりはできぬだろう」

秀蔵がそういうからには、本多家の敵討ちはすでに認められていると考えていい。敵討ちは勝手に行うことはできない。もし届けなしで敵討ちをすれば、咎《とが》めを受ける。

届けは町奉行所に出すのが原則だが、ときには勘定奉行、あるいは寺社奉行に出すこともある。これは被害を受けた側の家柄や、その役目関係によるからであった。

食後の茶をすすっていると、立松左五郎が店にやってきた。例によって滝口順之助と野村安太郎もいっしょである。

座敷はいきおい狭くなったが、密談をするのに不都合はない。立松らは茶だけを注文し、秀蔵に簡単な挨拶をすると早速、菊之助の話に聞き入った。

「よく捜していただきました。このとおり礼を申します」

立松が頭を下げるのに、連れの滝口と野村もならった。

「それでは、早速にも神楽坂に参りたいと思います」

「お待ちを……」

慌てて腰をあげようとした立松を、菊之助が止めた。

「植田という男はただ者ではない。無闇に押し込めば、返り討ちにあうかもしれない」

「そのような心配はご無用。こっちは三人、相手はひとりです。よもや討ち漏らすような真似はいたしませんよ」

「軽く見ないほうがいい」

秀蔵が口を挟んだ。

「菊之助は、こう見えても直心影流の免許持ち。剣術指南をやってもいた。その男がいうのを軽く思わないほうがいい。それに、おれのほうの調べでも植田がなまなかな男ではないということがわかっている」

立松は表情を変えなかったが、連れの滝口と野村はわずかに顔色を変えた。

秀蔵はつづけた。

「植田の道場破りは、その筋ではかなり知られている。それに、負けた道場の門弟のなかに、植田をそれとなく知っているものがいる。これは話だけだが、植田は刺客を請け負ってもいるらしい。菊之助の話を聞いてもただ者ではないというのがわかったが、刺客を仕事にしているとなれば、容易なことではいかぬ。立松さんがたにいかほどの腕があるかは知らぬが、道場剣法と真剣を交えての戦いはまったく違う」

「そんなことは……」

「わかっているなら慌てぬことだ」

秀蔵に言葉を遮られた立松は黙り込んで、膝に置いた手を握りしめた。

「それではいかようにしろと……」

「おれたちも付き合う」

立松の目がはっと大きく見開かれた。

七

およそ半刻後、菊之助らは神楽坂下にやってきていた。

すでに暮れかかっており、町には夕餉《ゆうげ》の煙が強くなった北風に流されていた。菊之助はこっちに来る途中、伊東屋に立ち寄ったが、店はまだ閉まったままだった。状況を考えれば、伊東屋藤一郎の帰りを待つわけにはいかなかった。

そこで秀蔵が気を利かし、

「藤一郎が帰宅したら、そのまま身柄を押さえさせよう」

といって、手先の甚太郎に見張りをさせるための使いを出していた。

菊之助以下、六人は坂下から急な上りとなる坂上を見あげた。坂の両側には提灯や行灯が点《とも》りはじめており、町人や行商人たちにまじって岡場所の女とおぼしき女が行き交っていた。強く吹きつける風がなければ、のどかな夕暮れだろう。

「饅頭屋はすぐ先の左手、穴八幡の手前にある。饅頭屋は他にないから、探すまでもない」

菊之助は坂上に目をやりながら、股立《ももだ》ちを取っていた。

「よし、店の裏と表を押さえよう。騒ぎは大きくしたくない。植田の所在をたしかめたら、そのまま押さえる。立松さん、おれたちが裏にまわろう。この場では敵を討つあんたたちが主役だ。表はまかせる」

「かたじけない」

秀蔵に礼をいった立松は襷《たすき》をかけ、股立ちを取る。滝口と野村も同じようにして、気合いを入れるように帯を叩いた。

秀蔵についている五郎七は腰の後ろに手を伸ばし、十手の柄をつかんでいた。

「よし、まいろう」

秀蔵の声で六人は、お杉婆さんの饅頭屋に向かった。

足許を踏みしめるように坂を上る菊之助は、いつになく緊張していた。上首尾《じょうしゅび》に終わればよいが、そうでなければ血の雨が降るであろう。こっちに来る折、滝口という本多家の家臣は、刺し違えることも覚悟のうえだと、薄い唇を引き結んだ。

無論、そのぐらいの心構えがなければ、植田大三郎は討てないだろうが、最悪の事態だけは避けたかった。

饅頭屋は昼間と同じように開いていた。お杉婆さんも湯気を立てる蒸籠の向こうに、昼間と同じように座っていた。ただ、奥の部屋は見えない。婆さんのすぐ後ろの障子が閉めてあるのだ。

あらぬところを見ていた婆さんの目が動いた。ただならぬ様子の男が、六人も店の前に現れたのだ。しかも、秀蔵は誰にでも見分けがつく八丁堀同心のなりである。

婆さんの濁ったような小さな目が光った。口が声もなく二度三度動き、

「物々しいね。何だってんだい、いったい……」

声はかすれたように低かった。

秀蔵はそれを無視して、こっちだなと脇の路地に顎をしゃくる。

菊之助と秀蔵、そして五郎七が店の裏にまわった。店は小さな一軒家で、裏手は隣家の壁が迫っているから、勝手口を押さえれば逃げ道は塞いだも同然だった。

「こっちはいい。五郎七、動きがあれば、表から合図を送れ」

秀蔵の指図で、五郎七が表通りに出たところで立ち止まり、こっちを振り返った。菊之助と秀蔵が同時にうなずき返す。

「さてさて、どうなりますことやら」

この緊迫した状況のなかでも、秀蔵はのんびりしたことをいう。

「秀蔵、気を抜くな。おまえも植田を見ればわかると思うが、容易《たやす》くはない」

「ふん、おまえらしくもない。先手はこっちが取っているんだ」

そのとき、路地奥に豆腐売りが現れた。

とうふィ……とうふィ……。

やってきた豆腐売りは、股立ちを取り襷がけをした菊之助と、八丁堀同心とすぐにわかる秀蔵を見て口をつぐんだ。

「豆腐屋、ここの路地は危ねえ。先に行きな」

秀蔵が顎をしゃくると、豆腐売りは小さくお辞儀《じぎ》をして慌てて表通りに出て行った。それと同時に五郎七が、「旦那」と声をかけてきた。そっちを見ると、首を横に振る。

菊之助は秀蔵と顔を見合わせて、表に戻った。

「横山さん、植田は昼間店を出たきり戻ってきていないそうです」

そういう立松の黒くて長芋のような顔にある目だけが異様に光り輝いていた。

「いつ帰ってくるかわからないのか？」

「婆さんはわからないと……」

秀蔵は立松を押しのけるようにして、饅頭屋に行ってお杉婆さんに声をかけた。

「婆さん、名乗るまでもなくおれがどんな男だかわかっていると思うが、この店にいた植田大三郎に話がある。やつの行き先を教えろ」

「町方の旦那だろうが誰だろうが、あいつのことは誰にもわかりゃしないよ」

「今朝はいたのだろう」

「いたよ。だけど、大ちゃんは出て行ったら、いつ帰ってくるかわからない。いつものことだ」

「……大ちゃん」

「用があるなら出直すことだ。そうでなきゃ、ずっと近くで見張ってるこったね。店の前は御免蒙《こうむ》るよ」

婆さんは物怖《ものお》じしない口調でそういうと、煙管を吸いはじめた。

秀蔵がどうするという目で菊之助を見てきた。

「様子を見よう。それに、いくらなんでもここじゃ目立ち過ぎる」

「それじゃ、坂下で待つか」

「よかろう」

立松らも異存のない顔で菊之助と秀蔵のあとに従った。

坂をしばらく下りたときだった。坂下に両手を組んで、仁王《におう》立ちになっている男がいた。闇のなかでも、その顔は異様に白く浮き立って見えた。その炯々《けいけい》とした双眸《そうぼう》が、菊之助にまっすぐ注がれてくる。秀蔵と他のものには目もくれていない。

「植田……」

菊之助は小さな声をこぼした。

「貴様……」

腕組みをほどいた植田が唇をわずかに曲げて鯉口を切った。そのとき立松左五郎が勢いよく前に飛び出して声を張った。

「植田大三郎ッ。本多金次郎様の敵を討ちに来た。観念いたせッ」

「うるせえ」

植田はぎらっと立松を見ただけで、相手にもしないという素振りで刀を抜き払った。その切っ先は一直線に、菊之助に向けられていた。

「撫《な》で斬りにしてやる」

いうが早いか、植田の体が俊敏に動き、鋭い斬撃《ざんげき》を一閃《いっせん》させた。

第五章　長崎橋

一

　植田大三郎の鋭い斬撃――それは、荒々しくも力強くもないが、刃の切れ味を生かし、すぱっと剃刀《かみそり》で紙を切るように鋭く素速かった。菊之助は右足を一歩引き、半身になってかわすなり抜刀したが、植田の第二の太刀《たち》が腰間からすくい上げられた。

　流れるような太刀筋でありながら、その一撃一撃は隙がなく、かつ速い。さらに体の切れがよく、反撃の余地を与えない。

　菊之助は自分の間《ま》に入ることができず、下がるしかなかった。この場合、坂上にいるほうが不利となる。後退しても平地ではないので、思い通りに下がれないのだ。それを見切っているのか、植田は間髪《かんはつ》を容《い》れず撃ち込んできては突きを送り込み、間合いを詰めてくる。

暮れに起きた突然の斬り合いに、周囲が騒然となっていた。子供の手を引き、道の端に避けるものがいれば、喧嘩騒ぎを見ようと駆けつけてくる野次馬がいる。あちこちの戸が開き、顔がのぞく。

植田の剣が真一文字に振り切られた。その刹那《せつな》、菊之助は相手の懐に飛び込みながら胴を払いに行った。斬ったと思った。

だが、どういうわけか植田の体は二間《けん》（約三・六メートル）も先にある。

一方的に攻撃を仕掛けられていたが、これでようやく一呼吸つけた。植田も息があがったのか、すぐには撃ち込んでこなかった。だが、その目は刀を構えている立松や滝口らには向いていない。ただひたすら、蛇のように冷たい視線を菊之助に向けてくる。

「菊之助、下がれッ」

秀蔵の戒める声と同時に、立松、滝口、野村の三人が、植田の前に進み出た。三人とも平青眼に構え、植田と対峙《たいじ》したが、当の植田の目は菊之助に注がれたままだ。なぜそうまで、自分にこだわるのかと、菊之助は思うしかない。しかし、植田の身を斬るほど冷え切った憎悪の目は、しっかり菊之助に向けられている。

「植田大三郎、殿の恨みだ。覚悟しろ」

立松がじりっと足を進めた。滝口と野村も間合いを詰める。

ようやく植田の目が、その三人を意識するようになった。

「このままでいいのか……」

菊之助は秀蔵に問うた。秀蔵もいつでも打ちかかれるように刀を構えている。

「本多家の遺恨だ。見届ける」

「しかし……」

菊之助が声を切ったのは、野村が横合いから植田に斬りかかったからだった。刀をすりあげて、八相《はっそう》からの袈裟懸《けさが》け。動きは悪くなかった。だが、植田は毫《ごう》も慌てず、足を二寸（約六センチ）ほどすり出すなり、刀を振り切った。

このとき、騒ぎを取り囲む野次馬の目には、植田の刀身は見えなかったはずだ。振り抜きが驚くほど速いからで、動いたと思った一瞬後には、植田はもとの構えに戻っていた。刀の切っ先を右下方に下ろし、左脇を開《あ》けている恰好である。

植田がこの構えに戻ったとき、刀を握っていた野村の手首が血の筋を描きながら宙を舞い、坂道に転がっていた。

まさに、一瞬の出来事であった。

野次馬たちから悲鳴と驚きの声があがったのは、斬られた手首がごろりと地面に転がったあとだった。菊之助は息を呑んで、右に動いた。その刹那《せつな》、植田が刀をゆっくり持ちあげ、それから素速く動いて、立松左五郎に撃ち込んだ。

虚をつかれた立松だったが、これはかろうじて紙一重でかわしていた。だが、かわしたつぎの瞬間、植田の太刀はすでに動き、間合いを外していた滝口の頬を切り裂いた。

「うっ」

滝口はそのまま恐れをなすように下がった。頬に一筋の赤い血がしたたった。手首を斬られた野村は道の端に逃げてうずくまっている。五郎七がそばに行って、手拭いで応急の止血を施していた。

「ぬぬっ……」

苦渋《くじゅう》のうめきを漏らした立松に、植田は静かに間合いを詰める。立松は殺気をみなぎらせている植田に呑まれていた。

菊之助が動いたのは、そのときだった。同じく秀蔵も脇に動いた。一瞬、植田の目が迷った。菊之助はその隙を逃さなかった。

平青眼に構えていた刀を横に振り上げるなり、右足と腰を素速く送り込み、肩口から胸をめがけての一太刀を浴びせた。秀蔵も植田の左脇から斬りかかっており、植田に逃げ場はなかった。

だが、うまくいかなかった。菊之助の刀は、腰を沈めた植田の肩口をかすっただけだ。それでもいくらかの効果はあった。現に植田は左に回り込み、大きく後退して、肩のあたりを手のひらでたしかめた。

植田の目が、ぎらりと赤く光ったのは、そばの提灯の明かりを照り返したからかもしれないが、異様なほど冷血な輝きを放っていた。

「おぬしら……」

植田の薄い唇がわずかに動いた。

菊之助と秀蔵は植田に迫った。遅れて立松が横に並ぶ、三人とも青眼に構えていた。それに上段に構えた滝口が加わった。

植田が初めて下がった。野次馬の輪がそれに合わせて広がる。日はすでに落ちきり、あたりには夜の帳《とばり》が下りている。

一瞬、植田の目が横に動いた。菊之助の軸足が地を蹴った。青眼から上段に刀を振りあげた。だが、刀はそこで止まってしまった。

植田がさらに後退したからだった。そのまま菊之助らをにらむように見ると、今度は身をひるがえして駆けだした。野次馬から悲鳴があがり、人の群れが二つに分かれた。

菊之助と秀蔵があとを追った。植田は横の小路に駆け入り、半町（約五五メートル）ほど走ると、さらに横の路地に飛び込んで見えなくなった。

その路地の手前で、

「待て」

と、秀蔵が菊之助を制した。待ち伏せを警戒してのことである。

二人はいつ飛びかかってこられてもいいように、注意して足を進めた。だが、植田の気配は感じられない。さっと、路地の前に動いて身構えた。

暗いその路地に、人の姿はなかった。野良猫がのそのそ歩いているだけだ。路地奥には低い石段があり、その上に小さな稲荷《いなり》の祠《ほこら》があった。蠟燭《ろうそく》の炎がひとつ揺れている。

「……どこだ」

秀蔵が視線をめぐらした。

菊之助もあたりを見まわしたが、植田の姿はどこにもなかった。

二

菊之助らは手分けして植田を捜したが、ついに見つけることはできなかった。饅頭屋のお杉婆さんに聞いても、植田の行方など自分の知ったことではないと、にべもなかった。

「立松さん、これで植田がただ者ではないということがわかったはずだ」

饅頭屋をあとにした菊之助は、苦渋に満ちた顔をしている立松を見た。

「だからといって、あきらめるわけにはいきません」

立松に同調するように、そばにいる滝口もうなずく。手首を斬り落とされた野村だけは顔面蒼白になっている。

「敵を討つのは勝手だが、腹をくくり直すことだ」

秀蔵はそういってから野村を見た。

「それに、野村殿の傷の手当てを早く……」

「秀蔵、饅頭屋はどうする」

菊之助は苦み走った顔をしている秀蔵を見た。

「すぐ戻るような馬鹿じゃないだろう」

「だが、このまま放ってはおけない」

「草の根分けても捜してやるさ」

秀蔵は騒ぎの収まった神楽坂の町屋をひと眺めした。野次馬たちはすでに散り、町は何事もなかったように見える。しかし、あちこちでつい今しがたの出来事を誰もが、興奮冷めやらぬ顔で話しているに違いない。

「ともかくいったん引きあげだ」

みんなは秀蔵の指図に従って神楽坂をあとにした。

武家地を抜け元飯田町に来たとき、立松は怪我をしている野村を近くに住む医者に診せるといった。

「知り合いの医者がおりますので、拙者はここで失礼します」

「それがいい。早く手当てをするに越したことはない」

秀蔵は立松に応じて、憐憫《れんびん》を込めた目で野村を見た。

「野村殿、しっかり傷を癒《いや》すことだ。敵はきっと立松さんと滝口さんが討ってくれよう。おれたちも少なからず力になる。……気休めかもしれぬが、命を落とさなくてよかった」

野村は痛みを堪《こら》えた顔で頭を下げた。

「立松さん、植田のことがわかり次第、使いを走らせる。お手前も何かわかったら、すぐに知らせてくれるか」

「承知しました。それではここで……」

菊之助らは立松らを見送ってから九段坂を下り、俎《まない》橋《た》を渡った。

北風は弱くなったり強くなったりを繰り返していた。ときどき、笛のような音が空に広がった。お堀端の木々が揺れ、必死にしがみついていた枯れ葉が散った。

「菊之助、どうする」

「伊東屋藤一郎の件がある」

「おれも付き合うか。伊東屋は甚太郎が見張っているはずだ。誰もいなけりゃ、近くの番屋にしょっぴいているはずだ」

「逃げていなければいいが……」

つぶやくようにいった菊之助は、女好きのする伊東屋藤一郎の顔を思いだした。

「それにしても、あの植田の野郎はおかしなやつだ。なんでおめえを目の敵のように見やがるんだ」

「おれにもわからん。ただ、今日の昼間、丸腰のおれを仕留められなかったことが気に食わないのだろう。その男が、日も変わらないうちに目の前に現れたのだからな」

「ともかくあの野郎はおかしい。野放しにはできねえ」

「もっともだ。それにしても、庄吉があの植田とつるんでいたとは……」

菊之助は与助の話を思い出した。それによると、庄吉は植田をいやがっていた節があるが、危害は受けていない。いったいどんな付き合いをしていたのだ……。

伊東屋の前に来たが、店は閉まったままだった。あたりを見ても甚太郎の姿はない。甚太郎が見張りをつづけていれば、菊之助らに気づくはずである。

「番屋か……」

秀蔵がつぶやいた。

周囲は問屋街なので、昼間のにぎわいとは裏腹にひっそり静まっている。行灯のついている料理屋もあるが、数えるほどだ。

本石町二丁目の番屋は伊東屋からほどない、表通りに面している角地《かどち》にあった。

「南町の横山だ。甚太郎はいねえか」

秀蔵が腰高障子の前で声をかけると、すぐに「へーい」という返事があり、年寄りの町役《ちょうやく》が戸を開けてくれた。

式台に甚太郎が跪《ひざまず》いており、座敷に伊東屋藤一郎の顔があった。臆病《おくびょう》そうに目をきょろきょろさせている。

「伊東屋ってのはおめえか……」

秀蔵が上がり口に腰をおろして藤一郎をにらんだ。

「へえ、わたしでございます」

藤一郎の目は秀蔵から菊之助へ、そしてまた秀蔵へと忙しく動く。菊之助は上がり框の前に立って声をかけた。

「件《くだん》の夜に行った店は思い出したか?」

「はい、〈みき本《もと》〉という居酒屋でございました。どうにも思い出せないので、今日の昼間、店の前を通ってたしかめてきました」

「昼間、店を閉めていたのは買いつけだと聞いたが……」

「以前から約束がありましたので、そちらまで出かけておりました。猿楽町《さるがくちょう》にお住まいの雨宮《あめみや》というお医者様のお宅でございます。嘘ではございません」

菊之助はじっと藤一郎を見つめた。怯《おび》えたような顔をしているが、嘘をいっているようではない。

「悪いが、そのみき本という店に案内してくれるか」

「ようございます」

菊之助は秀蔵を見た。

「おまえの手を借りることはないだろう。あとはおれがやる」

「そうかい。それじゃ、おれは他のやつらの調べを聞きに行くことにしよう。それに植田の手配をし直さなきゃならねえ。甚太郎か五郎七を預けてもいいが、どうする？」

「手を借りるほどのことではない」

「そうかい。それじゃまかせた」

そういったあとで、秀蔵は藤一郎に顔を戻した。

「伊東屋、下手な小細工なんかしてねえだろうな。お上《かみ》の目が光っているってことを忘れるんじゃねえぜ」

どすを利かされた藤一郎は顔を青ざめさせて、滅相《めっそう》もございませんと頭を下げた。

秀蔵らと別れた菊之助は、藤一郎を伴って米沢町に向かった。両国広小路の裏にあたる町屋だが、雑然とした表の広小路と違い、小体《こてい》な店が多い。しかし、お紋殺しのあった晩に藤一郎の行ったといっていたみき本は、大衆的な居酒屋であった。

客の注文を取ったり、料理を運ぶ女中が五人ほどおり、菊之助はそのひとりひとりに、藤一郎のことを聞いていった。

「ひょっとして、隅っこで本を読んでいたお客さん……」

といったのは、まだ若い女中だった。

「そうだ。あの隅で本を読んでいた」

藤一郎は目を輝かせて応じ、自分が座っていたという席を指さした。

「お客さん、お銚子をこぼしてしまったでしょう」

「そうだった。そんときあんたが、おれの濡れた着物を拭いてくれたんだった」

藤一郎は疑いを晴らそうと必死だ。

「それで、何刻頃来て何刻頃帰った」

菊之助の問いに、女中は何度かまばたきをして答えた。

「暮れ六つ過ぎだったんじゃないかしら、それから一刻以上はいましたよね」

「そうだ。つい飲み過ぎちまって、帰りは足許が覚束《おぼつか》なかったんだよ」

「途中で席を外したことはなかったかい？」

菊之助は話に割り込んで女中を見た。

「何度か厠に行かれましたが、すぐに戻って見えましたよ。どうしてそんなことを……」

若い女中は不思議そうに目をしばたたかせた。

「たいしたことではないから気にしないでくれ。仕事の邪魔をして悪かった」

菊之助は心付けを渡して店を出た。

そのまま藤一郎といっしょに黙って歩いた。お紋が殺された時刻は、はっきりしていない。あの晩、庄吉は新三の家に行っている。その新三の話では、庄吉が博奕から帰ってお紋の死体を見たのは、五つ半（午後九時）前だったという。

藤一郎が〈みき本〉にいたのは、暮れ六つから宵五つ半（午後九時）過ぎとすれば……。

米沢町から深川常盤町の庄吉の長屋まで行って、犯行に及ぶことはできる。しかし、菊之助は藤一郎に対する疑いをほとんどなくしていた。

「あのぉ……わたしは……」

菊之助の沈黙に耐えかねたのか、藤一郎がおそるおそる顔を向けてきた。

「もう帰っていい。用があれば、また店を訪ねることにする」

「それじゃ、ここでようございますか」

「うむ」

藤一郎は二度三度と頭を下げると、逃げるような足取りで帰っていった。

菊之助はまばらに浮かぶ星を見あげて、大きく息を吐き出した。冷え込みが厳しくなっているらしく、息が白くなった。

三

白くなる息のずっと先で、星がまたたいている。

さっきから風に騒ぐ林のなかで梟《ふくろう》の声がこだましていた。

庄吉は肩をすぼめ、小屋のなかに戻った。派手に焚き火《たきび》をすると、狭い小屋のなかに煙が充満するので、その加減に手こずったが、薪はほとんど炭になっていた。蠟燭を一本だけ点していたが、もうそれも短くなっている。

旅籠で知り合った老夫婦といっしょに越ヶ谷まで行こうと思ったが、そうすれば自分のいったことが嘘になると思い、断念していた。

結局、庄吉は千住大橋を渡らずに、江戸に留《とど》まっていた。

そこは、浅草のずっと北を流れる思川《おもいがわ》の畔《ほとり》にある百姓家《ひゃくしょうや》だった。

半町ほど行ったところに奥州《おうしゅう》街道があり、泪《なみだ》橋という橋が架かっている。そこから少し北に行ったところに小塚原《こづかっぱら》の刑場がある。泪橋は刑場に送られる罪人が、そこで肉親や親しい人と別れることからつけられたと聞いている。

誰も知らない寂しい小屋にいると、孤独感がいや増し、泪橋と刑場のそばにいる自分が、何かの糸で悪いほうに導かれている運命《さだめ》を感じる。しかも、よくよく考えれば、そばを流れるのは思川だ。この世に未練を残すような川の名だ。

自分は下手人ではない。罪人でもない。お紋を殺したりなんか、決してしていない。

それなのに、逃げなければならない。

お紋のことが好きでたまらなかったのに、今となってはなぜあんな女の誘いに乗ってしまったのだろうかと悔やむばかりだ。

お紋を囲っている市右衛門を知っていながら断ることができなかった。自分に仕事をまわしてくれる市右衛門を裏切ることになると、心の隅で引け目を感じながらも断れなかった。情けないと思うこと頻《しき》りだが、お紋の誘いと、あの吸いついて離れない肌を知ってからは、罪の意識は薄れるばかりだった。

「ああ、あんたと夜逃げでもしちゃおうかしら……」

庄吉の腕のなかで、お紋はそんなことをいったことがある。庄吉も本気で駆け落ちを考えもした。だが、あのときはこういったのだった。

「おれは人足の手配師なんかでは終わらねえさ。今に、ちゃんと稼げる男になってやる」

「ああ、頼もしいことを。……ねえ、早くそうなって、わたしを引き取って」

お紋はそういって、しがみついてきた。

馬鹿なことをしたと、目の前の熾火《おきび》を見ながら庄吉は首を振り、お紋のことを忘れようとした。

それにしても、いつまでも逃げまわっているわけにはいかない。自分は無実なのだ。

だから、疑いを晴らさなきゃならない。

でも、どうやって……。

ずっとそのことを考えつづけていた。そして、考えつくのは、やはり本当の下手人を捜すということだった。

あてがないわけではない。

あの夜のことだ。お紋が殺されたあの晩、賭場から出たとき自分を脅した三人の男たちがいた。提灯を下げている男は、頭巾を被っている男に滝口と呼ばれた。頭がやけに大きかった。笑っているような細い目だった。薄ぼんやりとしか覚えていないが、もう一度会えばわかるはずだ。

……やつらは、市右衛門の名を口にした。

庄吉は思いをめぐらしながら、どこか遠いところを見る目になって考えた。

あの男たちは市右衛門の差し金だったのかもしれない。市右衛門は計算高い狸だ。とうにお紋の浮気に気づいていたのかもしれない。それが許せなくて、手をまわしてお紋を殺し、自分を下手人に仕立てようとしたのかもしれない。

市右衛門ならやりかねない。すると、本当の下手人は市右衛門ということか……。

好々爺《こうこうや》ぶった市右衛門の顔が脳裏に浮かんだ。やさしげな顔で人に接するが、その目はいつも冷めている。

もし、市右衛門がお紋を殺し、おれをはめているのだったら許せねえ。証拠《あかし》を握ってつるし上げてやる。それには、やはりあの三人を見つけることだ。そうでなければ、自分はいつまでたってもお天道《てんと》様の下を歩けない。

だが、どうやってあの三人を……。

庄吉は小さな炎をじっと見つめつづけた。

風に揺れる戸板が小さな音を立てつづけている。

あの三人は南割下水沿いに、大横川のほうに向かっていた。大横川の手前までは武家地で町屋はない。三人のいずれかの住まいが、あの辺にあるのか。それとも大横川を越えた先か……。

あの界隈《かいわい》を探っていけば会えるかもしれない。見つけたら番屋に行って、わけを話して捕まえてもらう。三人が口を割れば、自分にかかっている疑いはきっと晴れるはずだ。

庄吉は考えに耽《ふけ》った顔のまま、焚き火に薪を足した。

これから先のことが決まると、財布の中身をたしかめた。金に余裕はないが、しばらくは食うに困ることはない。そうだ、頬被《ほっかむ》りして笠を被った物乞いに化けよう。人の目はそれで誤魔化せるはずだ。

竹筒を口に運んで水を飲んだ。夜露《よつゆ》はなんとかこの小屋でしのげるが、いつまでもこんなところにいるわけにはいかない。寒さが厳しくなれば、我慢もできなくなる。

暖かい家とやわらかい布団が恋しくなった。

自然、年老いた親の顔が脳裏に浮かぶ。

今ごろ何をしているんだろうか……。おれのことを考えてくれているだろうか……。さんざん迷惑かけてばかりだから、見放されているとは思うが……。

「くそっ……」

庄吉は小さく吐き捨てて、拳を握りしめた。

「ちくしょう……」

なぜか自分のことがとてつもなく、情けなく思えてきた。

「……ちくしょう」

もう一度吐き捨てて、拳を膝に打ちつけた。

ちくしょう、ちくしょう……。何度も心の内で叫びつづけた。目に涙が浮かんできて、焚き火の炎が曇って見えた。

「ちくしょう……なんでこうなっちまったんだよ！」

庄吉は怒鳴り声をあげ、つかんだ小枝を壁に投げつけた。

四

藤一郎と別れた菊之助は、井筒屋の手代・嘉吉を訪ねていた。この時刻に店にいないのはわかっているので、鉄炮町の住まいにまわってみた。

家は二階建ての割長屋で町屋にしては上等な佇《たたず》まいである。訪《おとな》いの声をかけると、女房の声が返ってきて戸が開けられた。

「荒金と申すが、亭主の嘉吉さんはいるかね」

「今夜はまだ帰っておりませんが……」

「おかみさんだね？」

「ええ、そうですけど、どんな御用でしょう」

女房は用心深い目で菊之助を品定めするように見た。下《しも》ぶくれのおとなしそうな顔をしているが、目はきつい。

「別にあやしいものではない。町方の手伝いをしているものだ。信用できぬなら、その町方を連れ、あらためて来てもいいが……」

「はあ、それで何か……？」

「三日前の晩のことを訊ねたい」

そういったとき、ひときわ強い北風が家のなかに吹き込み、燭台《しょくだい》の炎がゆらりと揺れた。

「どうぞお入りください」

ぶるっと、風に肩をすくめた女房は菊之助をうながしたが、土間から先には入ってほしくない素振りだ。

「三日前の晩と申しますと……」

「亭主の嘉吉には、その日は店からまっすぐ家に帰ってきたと聞いている。それに間違いがなければよいのだが、どうだろうか……」

女房はしばらく菊之助の肩越しの引き戸を見て考えた。

「その晩はそうだったのかもしれません」

「……しれません、というのはどういうことだ？」

「はい、たしか三日前の晩ですと、わたしは親戚の家に呼ばれておりまして、帰りが遅かったのです」

「帰ったのは何刻だった」

「宵五つ（午後八時）過ぎだったと思います。あの人はわたしの分までご飯の支度をして、居間で酒を飲んでおりました」

「飯の支度をして酒を……」

商売やその店によって閉店時間は異なるが、井筒屋は遅くても暮れ六つには暖簾をおろすはずだ。それから片づけや帳簿付けをして帰宅したとして、その時刻は六つ半（午後七時）ぐらいではなかろうか。それから飯の支度をしたとすれば……。

「嘉吉は飯の支度をよくするのか？」

「滅多にしませんけど……あの晩はそうでした。それより何をお知りになりたいのでしょうか？」

菊之助はどう答えるべきか一瞬躊躇《ためら》ったが、

「じつは三日前の晩に、ある女が殺されたのだが、その女を嘉吉が知っていたようなのだ」

直截《ちょくせつ》にいうと、女房は顔をこわばらせた。

「うちの亭主が、殺された女と……どういうことでしょう」

「その女は磯亭という貸座敷屋で昔、仲居をやっていたんだが、その頃その仲居がおまえさんの亭主を慕っていたらしいのだよ」

この辺は巧みに言葉を選んでいった。ただならぬ仲だったといって、夫婦仲をこじれさせるのは罪だ。

「失礼だが、お名は？」

「きんと申します」

「おきんさんか……で、ご亭主に変わった様子はないか？　いや、疑っているのではない。町方の指図で聞き込みにまわっているだけだから、気を悪くしないでもらいたいんだが……どうだね」

「さあ、とくに変わったことはありませんが。……いつもと同じように仕事をして帰ってくるだけです」

「そうかい。子供は？」

「うちにはおりません」

おきんはわずかにうつむいて、できないのだと恥ずかしそうにいった。

「まあ、めずらしいことじゃない。夜分に申し訳なかった」

そういって戸に手をかけようとしたが、ふと思いついたことがあり振り返った。

「親戚の家に行ったといったが、それはどこだい？」

おきんの目が警戒するような色を帯びた。菊之助に向ける張りつめた顔は、今にも泣きだしそうにも見えた。

「……どうした?」

「あ、はい。谷中《やなか》でございます」

「谷中か……」

「法要がありましたので」

疑われるのを嫌うように、おきんは慌てて付け加えた。

「いや、遅くにすまなかった」

菊之助は、そのままおきんの家をあとにした。

路地を出ながら、今しがた、おきんとやり取りしたことを反芻《はんすう》した。

嘉吉は例の晩には、店を出てまっすぐ家に帰り飯を作った。滅多に作らない飯を……。そして酒を飲んで女房の帰りを待っていた。家に帰ったのが仮に六つ半だとする。女房が帰って来たのが、宵五つ。嘉吉は半刻はひとりだったことになる。

鉄炮町から事件現場となった庄吉の家までは、半里もない。庄吉の家を訪ねて帰ってくることはできる。だが、どうだろうか……。

疑いをまったく解くわけにはいかないが、嘉吉の仕業と考えるのは、少し無理があるかもしれない。

お紋は多情な女だったようだ。通じていた男が他にもいるかもしれない。もう一度磯亭に行って聞くべきか……。

表通りに出た菊之助は、足を止めて遠くに視線を投げた。

自分はなぜこんなことをしているのかと、我ながらあきれる思いがする。お志津によくいわれることがある。

「菊さんは困っている人を見ると、じっとしていられなくなる質《たち》なのよ」

秀蔵になると、

「おめえは、人のいいお節介《せっかい》焼きなだけだ」

あっさり斬り捨てられるが、

「まあ、そこがおめえのいいところでもあるんだが……」

と、褒《ほ》めているのか、貶《けな》しているのかわからないことをいう。

さて、どうしようかと思ったとき、腹の虫がグーと鳴いた。ついで、本石町の鐘がひとつ空に響いた。

四つ（午後十時）の鐘だった。もうそんな刻限になっているのかと思ったが、今日中にやるべきことが他にもあるような気がする。自然に足は自宅のある高砂町に向かうが、磯亭に行ってみようか、もう一度庄吉の長屋に行ってみようかなどと後ろ髪を引かれる。

下手人につながる手がかりはまだ何も得ていない。逃げている庄吉が下手人だと考えるのは妥当《だとう》かもしれないが、新三の話を聞くかぎり、そうではない。

そうだ、新三……。

心中でつぶやいた菊之助は、はたと足を止めた。

五

鉄炮町から自宅に足を向けていた菊之助は、きびすを返した。

両国広小路を抜けるとき、磯亭に寄っていこうかという考えが頭をよぎったが、とにかく新三に会おうと、そのまま大橋を渡った。

橋には北風が吹き荒れていた。空を渡る風は、女のすすり泣きのような音を立てている。黒々とした川面はまるで油が流れているように見える。菊之助は襟をかき合わせ、肩をすぼめた。

本所尾上町《おのえちょう》に入り、次郎の実家である備前屋の前を過ぎた。あいつもこの店に戻ってくればいいのにと、またいらぬことを考える。

一ッ目之橋《ひとつめのはし》を渡れば、新三の長屋は目と鼻の先である。大川にも舟を見なかったが、竪川にも舟の往《い》き来《き》は見られなかった。竹《たけ》河岸の先を右に折れ、新三の長屋に入った。暗い路地には、頼りない家の明かりがこぼれている。

新三の家からも細い光の筋が路地に漏れていた。

「新三……」

と、声をかけ戸を叩こうとしたそのとき、目の端で何かが動いた。菊之助は声を喉元で呑み込み、上げかけた手を下ろして、路地奥と木戸口に目を向けた。人の気配はない。気のせいだったかと思い直し、今度こそ声をかけた。

眠たげな声がすぐに返ってきた。

「誰だい」

「荒金菊之助だ」

短い間があり、戸が開かれた。

「どうしました」

「もう一度話を聞かせてくれ」

「庄吉のことでしょ。ま、入ってください」

居眠りをしていたらしい新三は、生あくびをかみ殺してなかに入れてくれた。

「その後、庄吉が来たりとか知らせとかはどうだ?」

「まったくの沙汰なしです。一杯やりますか」

新三はぐい呑みを差し出した。

「いや遠慮しておく。それより、例のお紋が殺された晩のことだが、もう一度庄吉から聞いたことを話してくれ」

「もう旦那だけじゃなく、町方にもいろいろ話したんですがねえ」

面倒くさそうにいう新三だが、茶を淹れてくれた。

「いったい、どんなことをお聞きになりたいんです」

「まずは庄吉が本当にやったかやっていないかだ。庄吉は自分がやったんじゃないといってるようだが、おまえはどう思う」

菊之助は新三の目をのぞき込むように見た。

「庄吉じゃないと思いますよ。それにほんとにやつの仕業だったら、何もおれに教えたりなんかしないと思うんですがね」

たしかにそうだろう。

「やつは一晩この家に泊まったんだったな」

「来たのは遅かったですけど」

「お紋が殺されてどれぐらいたっていたか、そんな話は出なかったか？」

「出ませんでした。やつが帰ったら殺されていたってぐらいですから……」

新三は何かを思い出そうと酒をなめて、宙の一点を見つめた。

死体を最初に見つけたのは庄吉である。そのときの死体の状態は大事なことだった。

長屋の住人の知らせで町方が駆けつけたときには、一晩たっていたのだから、殺された直後のことは何もわかっていなかった。

「そんなことはいいませんでしたね」

長々と黙り込んでいた新三だが、結局、口にしたのは期待を裏切ることだった。

「くどいようだが、庄吉が頼って行くような家に心当たりはないか？」

「さあ。それも町方の旦那らにさんざん聞かれましたが、これってところはないんですよ」

菊之助はため息をついた。

「そうか……夜分に申し訳なかった」

新三の家を出た菊之助は、重苦しい徒労感を覚えながら長屋の路地を抜けた。

いきなり冷たい風が吹きつけてきた。思わず体を揺すって、襟をかき合わせたとき、物陰から黒い人影が現れるのが見えた。さらに背後に足音。

さっと、身構えたとき、首筋に冷たい刃をあてられた。

「何者だ」

刀を突きつけている男が落ち着いた声で問うた。

菊之助は鯉口を切ったまま身動きできず、目だけを動かして男を見た。殺気は感じないが、いざとなれば容赦しないという威圧感がある。

「そっちこそ何者だ？」

「生意気なことをいやがる。本所方の三宅《みやけ》という。よく、覚えておけ。今、渡り中間の新三の家に行ったな。何の用があった」

菊之助は本所方と聞いて、ほっと胸をなで下ろした。

「刀を引いてくれないか。おれは南町の横山秀蔵の助をしている荒金菊之助という」

「なに……じゃ、あんたが横山さんの……」

「そうだ」

「これは失礼を」

三宅は刀を鞘に納め、そばにいた手先に顎をしゃくった。

「ここでは何です。そちらにお願いします」

急に改まった口調になって、三宅は先の木戸番小屋に導いた。番太《ばんた》が手焙りを差し出し、あたってくれという。菊之助は遠慮なく手をかざした。

「荒金さんのことは、よく横山さんより聞いております。今回も助働きをしてもらっているという話も伺っておりました。まさか、その方だと思いませんでしたので……」

「そっちは役目だから仕方ないだろう。新三を見張っているというのは秀蔵から聞いていたが、こっちも迂闊《うかつ》だった。それで、何か動きは？」

「何もありません。新三の他にも幾人か、庄吉と親しいものがいます。そっちの家にも見張りをつけてありますので、動きがあればすぐに知らせがあるはずなんですが……」

「庄吉の長屋で件《くだん》の殺しがあった晩に、庄吉の家を訪ねている女を見たという婆さんがいるんだが、それはどうだろうか？」

これは菊之助の心に引っかかっていることだったが、

「お初って歯っ欠け婆さんの話でしょ。それはわたしも聞いております」

と、三宅はあっさりといって、言葉を足した。

「あの婆さんはおそらく、お紋のことをいってるんだと思います」

つまり、何もないというわけだ。

「ふむ。結局、庄吉のことは何もわかっていないってことか……」

「残念ながら」

「下手人については？」

「は？」

「まさか、庄吉の仕業だと決めてかかっているのではないだろう」

「いや、それは……」

歯切れが悪いのは、痛いところをつかれたからだろう。

「ひとつだけ聞きたいことがある。お紋についてだが、殺されていたときはどんな様子だった」

「どんな様子といわれても……もう死んでいたんですから……」

「聞きたいのは刺し傷の他に、首を絞められた痕とか着物の乱れ方なんだが」

「それでしたらきれいなもんです。傷は包丁の刺さっていたこっちの胸だけでした。着物は整っていましたね。もっとも、下手人が殺したあとで、着物を整えたと考えてもおかしくはありません。それに庄吉が、乱れを直したと考えることもできますし……」

菊之助はじっと三宅の胸を見た。

「今、こっちの胸といったが、お紋が刺されたのは心の臓のあるほうではなく、右のほうだったのだな」

「ええ、そうでしたね。なあ、そうだったな」

そういって三宅は連れている手先に声をかけた。中間らしい手先は、そうでしたと応じた。だが、これは大事なことのような気がした。

「なるほど、お紋は左ではなく右胸を刺されていたのか……」

「何か気になりますか？」

「うん……そうだな」

顔を三宅に戻して、番太の差し出した茶を一口飲んだ。行灯の明かりのそばで、あらためて三宅を見るとずいぶん若かった。おそらく二十五、六だろう。

「家のなかが荒らされていたとか、不審な足跡があったとか、そういったことは？」

「荒らされた様子はありませんでした。もっとも、これも下手人があとで片づけたと考えることもできるんですが……」

「人を殺して、そんなことができるだろうか……もし、そうだとしたら並みの者じゃないってことだ」

そういった矢先、菊之助は植田大三郎の顔を脳裏に思い浮かべた。

まさか、あの男が……。

「いかがされました？」

三宅の声で菊之助は我に返った。

「いや、なんでもない。それで、足跡とか下手人が残していったようなものは？」

「それもありません。長屋の連中も下手人らしき姿を見ていないので、何としてでも庄吉を捕まえたいんですが、やつの尻尾《しっぽ》をつかむことができません」

三宅は弱ったといわんばかりに眉毛を垂れ下げた。

「それで、荒金さんのほうは何か？」

「おれのほうもこれといったものはない。いや、見張りのことをうっかり失念してしまい、邪魔をしたようで失礼した。今後は気をつけることにする」

「もうお帰りですか？」

「今日は朝から歩き詰めだ。そろそろ引きあげようと思う」

「それはご苦労様でした」

菊之助は三宅に見送られて家路についた。

歩きながら交互に右の胸と左の胸に手をあててみた。さらに、自分が人を刺すときのことを考えた。

「ふむ、そうか。右の胸であったか……」

菊之助のつぶやきを風がさらっていった。

長屋に戻ったとき、菊之助はお初婆さんが見たという女のことが気になった。おそらくお紋であろうが、それ以外の女だとしたら誰だろうかと考えた。

庄吉の母親のお米……。考えられることだった。ここは一度たしかめておくべきだろう。そう思ってお米を訪ねた。年寄り夫婦はちょうど床を取っているところだった。

「夜分《やぶん》申しわけありません。ちょいと訊ねますが、お米さんは庄吉の家に行ったことがありますか?」

「庄吉の家に……ええ、何度か行ったことはありますけど」

お米は耳にかかる後《おく》れ毛《げ》を指で流しながらいった。

「最近はどうですか？」

「この前行ったのはいつだったかしら……半月以上前だったはずですけど、何か？」

「いえ、それならいいんです。気になっただけですから。遅くに失礼しました」

深く穿鑿《せんさく》される前に菊之助は戸を閉めた。

家に帰りながら、やはりお初婆さんが見たのはお紋だったのだろうと思った。

六

「菊さん、こんな早くにどうなさったの……」

そっと床を抜けようとしたとき、お志津の声がかかった。

「まだ外は暗いですよ」

「わかっている」

「眠れなかったのですね」

菊之助は褞袍《どてら》を羽織った。

「……夜中に何度も目を覚ましていたでしょう」

「いろいろ考えることがあるんだ。それに……」

言葉を途切れさせると、お志津が静かに半身を起こし、黒い瞳を向けてきた。

「……」

「庄吉のことをいつまで、庄七さんやお米さんに隠しておけるだろうか……。いつか本当のことを伝えなきゃならない。長屋の者はもう誰もが知っていることなのだ」

「……そうですね」

「今日、庄吉を捜すことができなければ、正直に話しておこうと思う。突然、悪いことを知らせるより、前もって心の備えがあったほうが気が楽ではないかと思ってな……」

「わたしもそのことは考えておりました」

「そうか……」

「庄七さんの体は心配ですけど、やはり菊さんの考えでよいと思います」

「それでいいか」

菊之助はじっとお志津を見つめた。お志津も見つめ返してくる。表で雀たちがさえずっていた。

「いいと思います」

お志津はそういって小さくうなずいた。些細《ささい》なことではあったが、菊之助はわずかばかり心が軽くなった。

「……顔を洗ってくる」

床を抜けて家を出た。表は薄い霧がかかっていた。東雲《しののめ》は薄い紅《べに》を引いたような色をしていたが、町屋はまだほの暗かった。

井戸端に行き、水を汲《く》んで顔を洗おうとしたとき、広場のほうから息のあがった声が聞こえてきた。菊之助は両手で水をすくったまま、そっちを見た。

次郎が諸肌《もろはだ》脱ぎで素振りをしていた。

えいッ、えいッ、えいッ……。

気合いと同時に、右足が踏み込まれ、木刀が振り下ろされる。踏み込んだ足と振り切った木刀をもとに戻すとき、呼吸を整え、また振り下ろす。単調だが、規則正しい動きをしている。

稽古熱心な次郎に感心した菊之助は、気づかれないようにそばにいき、黙って眺めた。

雲間から一条《ひとすじ》の光が漏れ射し、次郎の若い肌を照らした。汗の粒が光っており、体から湯気が出ていた。しばらくして次郎が菊之助の気配に気づいた。

「これは……」

「いいからつづけろ」

「いえ、もう終わりです」

次郎は、はあはあと息を喘《あえ》がせ、おはようございますと挨拶をした。

「感心だ」

「もう日課みたいになっているんです」

「何事もつづけることが大切だ」

「菊さんも修行中は同じことをしたんですよね」

「うむ。がむしゃらにやった。中途半端なことをやってもつまらない。どうせやるならとことん納得いくまでやる。そうすれば、悔いも残らない、自分の力もわかる」

次郎は汗まみれの顔にある目を輝かせた。

「自分に持てる力が百あれば、百を出し切れるまで力を尽くす。それをやった者と、やらなかった者には自ずと違いが出てくる。誰にでもそんな時期がある」

「菊さんも……」

「うむ」

「だからといって出世できるわけではないが、大事なことだと思う。そのときの苦しみや我慢を味わうことは悪くない。いずれ何かの役に立つはずだ。おれはそう思っている」

「朝からいいことを教わりました」

「やけに素直じゃないか」

「いつも素直ですよ」

「そうか」

菊之助は笑って応じた。

「今日はおまえに付き合ってもらう。いいか？」

「水くさいことをいわないでください。おいらはいつでも菊さんの指図を待っているんです」

「可愛いことをいいやがる」

二人は井戸端に戻った。

「それで、何かわかったことはあるんですか？」

「これといったことはないが、引っかかることはある」

「なんです？」

「まあ、それはあとだ。たまにはお志津の朝飯でも食いに来るか？」

「喜んで」

白い歯をこぼした次郎は、勢いよく顔を洗った。

七

冬の日射しは弱かった。

物乞いに化けた庄吉は御竹蔵の裏から南割下水にまわりこんで、大横川にまっすぐ延びる下水堀を眺めた。下水といってもこれはあくまでも水路であり、水はきれいだ。江戸友禅《ゆうぜん》もこの堀で作られたりする。

水路は大横川で終わりではない。そこからさらに十間川《じつけんがわ》まで延びている。

庄吉は堀に沿ってゆっくり歩いた。破れた編笠《あみがさ》を被り、わざと汚して破った着物を着ていた。股引《ももひき》を穿《は》いたのは、寒いからだった。それに裸足《はだし》も我慢ならず、ちびた草鞋《わらじ》を履《は》いていた。物乞いにしてはいいほうかもしれない。

本所は七割方が武家地だ。南割下水の両脇も大小の武家屋敷で占められている。

庄吉は先日、自分を連れ去ろうとした三人の侍のことを考えながら、津軽越中守上屋敷《つがるえっちゅうのかみ》の先で足を止め、小さな橋のたもとに腰をおろした。町屋と違い、通りを歩くものは少ない。ときどき薄曇りの空を映す堀を、小さな荷船が通ってゆく。頬被りをした船頭は、ゆっくり棹《さお》を突き立てて舟を進めていた。

何もかもがゆるやかな風のようにゆっくり動いているが、庄吉の心の臓は忙しく脈打ち、頭のなかではいろんな考えが浮かんでは消え、消えては浮かんでいた。

ともかく自分を連れ去ろうとした三人の侍を捜すことが先決である。

あの三人がなんのために自分を待ち伏せしていたのか、自分たちの考えでやったことなのか、誰かの指図を受けてのことだったのか、それはわからない。

ただ、あのとき、市右衛門の名を口にしたことから、お紋の件と少なからず関係があると考えていい。

それに、今日までじっくり下手人について考えたことがあった。

下手人は少なくともお紋を知っていたか、もしくは、お紋を油断させる相手であった。そして、自分の住まいを知っていた者になる。

そんなことを念頭に置いて、まずは自分の住まいを知っている者の顔をひとりひとり思い浮かべていった。これは少なくないが、同時にお紋を知っていなければならない。そうなると、数はかぎられてくる。

真っ先に浮かんだのが、宿市の当主・市右衛門である。あとは同じ長屋のおかみが三人ほど浮かぶが、長屋の連中にお紋を殺す理由があるだろうかという疑問がある。そうなると、市右衛門をおいて他にない。

市右衛門は当然、自分の住まいも知っていた。それにお紋が浮気をしていると知れば、放ってはおかなかったはずだ。ひそかに裏で手をまわして、あの三人の侍を使ったと考えることができる。

ただ、そこでわからないのが、見も知らぬ者をお紋が自分の家に入れただろうかということだ。声をかけられても、お紋は返事をせず居留守《いるす》を使ったに違いない。すると、あの三人がお紋を殺したと考えることに無理がある。

しかし、市右衛門ならどうか……。

お紋は市右衛門の妾だった。当然、市右衛門の声は聞き分けられる。思いもよらないことに慌てただろうが、お紋は観念して戸を開けてやった。

あとは、考えるまでもないだろう。市右衛門は隠し持っていた包丁を使って、一刺ししたのだ。市右衛門だったらお紋も抗《あらが》うことができなかっただろう……。

ただし、庄吉は他の推量も働かせた。それはお紋の男関係だった。自分の旦那の店で働く男を、こともあろうに誘惑した女である。

庄吉はお紋に惚れ込んでいるときは、そんなことはまったく考えなかったが、こうなってからは他にも男がいたのではないかという疑心を抱いていた。

お紋は男好きがする。隙を見ていい寄った男は、ひとり二人ではないはずだ。さらにお紋から誘いをかけたこともあったかもしれない。

もし、そんな男がいたら、下手人は市右衛門ではなく、その男と考えてもいい。そして、その男があの三人の侍を雇ったと……。

ともかく自分の身の潔白を証す鍵を握るのは、あの三人の侍である。そうはいっても、庄吉はひとりの顔と名前しか知らない。

――滝口、話はあとだ。余計なことをしゃべるんじゃない。

頭巾を被っている背の高い男に、そう窘《たしな》められた男。

あの夜のことは、今でもはっきりと脳裏に蘇る。

滝口……。

滝口という男に会えば、何もかもはっきりするはずだ。

だが、相手は侍、取り押さえることは無理だ。庄吉は滝口を見つけたら、住まいを突き止めるつもりである。番所に行って申し開きをするのは、そのあとでいい。

半刻ほど同じところにいたが、痺《しび》れが切れそうになっていた。その間に何人もの侍が目の前を通り過ぎていったが、滝口の顔はなかった。

ぼんやりとしか顔は思いだせないが、会えば必ず見分けられる。

庄吉はしばらくすると、四町《ちょう》（約四三六メートル）ほど先にある三ツ目《みつめ》通りの入口に移った。そこで半刻ほど過ごしたのち、本所長崎町《ながさきちょう》の通りに出た。こちらは町人地なので人通りが多い。何だかいかめしい侍ばかり見ていたので、ほっとした。

しかし、捜すのは侍である。どこで見張ろうかと、大横川に架かる長崎橋に足を進めた。この先にも武家地があるが、そう多くはない。

一度、大横川を眺めてから橋を引き返し、本所長崎町に戻り、河岸場《かしば》近くの茶店の横に腰をおろした。曇り空からときどき日がのぞいて、気持ちばかり暖かくなった。風が出てこなければ寒さはしのげる。

空に浮かぶ雲は南から北へ、形を変えながらゆっくり流されていた。

半刻ほど茶店の横にいた庄吉は、またさっきの場所に移った。そんなことを何度か繰り返したが、滝口を見つけることはできなかった。

昼前に空腹を覚えると、辛抱しきれなくなった。昨夜からろくなものを食っていなかった。懐には飯を食うぐらいの余裕はある。

庄吉はうどん屋に入ろうとしたが、年取った女将に咎められてしまった。

「勘弁しておくれよ。他の客の迷惑になるだろう。よそへ行きな。ここはおまえさんに食わせるようなものはないから。さあ、行った行った」

しっし、と野良犬を追い払うようなもののいいだった。

むかっ腹が立ったが、庄吉はぐっと我慢した。騒ぎを起こせば損だ。

仕方なく、近くの饅頭屋で蒸かし饅頭を買って道端で頬ばった。のんきに町を歩いている者たちが羨ましかった。

自分も大手を振って歩きたい。無事に身の潔白が証されたら、真面目に働こう。年取った親に少しは孝行してやろうと、殊勝《しゅしょう》な気持ちになった。

指についた餡《あん》をなめたときだった。庄吉は指を口に突っ込んだまま目を瞠った。長崎橋をこっちに渡ってくる二人連れの侍がいた。そのうちのひとりに、目が釘付けになった。

滝口……。

まだ、確信はなかったが、心の臓が高鳴りはじめた。腰をあげ、餡のついた指を股引にすりつけて、二人の侍が歩いてくるほうに向かった。

侍はすでに橋を渡り終えていた。庄吉はさらに近づいて、破れた笠の隙間越しにひとりの男を見て、顔をこわばらせた。

あの男、滝口だった。間違いなかった。庄吉のなかでぼやけていた顔がはっきりと蘇った。

滝口とすれ違った庄吉は、すぐにきびすを返して尾《つ》けはじめた。

第六章　下手人

一

前を行く二人のあとを、庄吉は尾けつづける。

二人は南割下水沿いに御竹蔵のほうに向かっている。滝口の連れは背が高い。黒い長芋のような顔をしていた。二人ともいかめしい顔つきで、何やら尋常ならざる様子だったから、庄吉はわずかに臆《おく》したが、尾行をやめるわけにはいかない。

自分に剣の腕があれば、前にまわりこんで問い質《ただ》したいところだが、そんなことはできない。下手をすれば一刀のもと、ばっさり斬られてお陀仏《だぶつ》。まだ死にたくはない。

ともかく自分の疑いを晴らすためには、滝口を何とかしなければ……。

それにしても、まわりは武家地なので、こうなると庄吉は自分が目立ちすぎるのではないかと不安になった。物乞い同然のみすぼらしい恰好で歩いているのは自分だけだ。何度かすれ違った武士に胡散《うさん》臭い目で見られた。

前を行く二人は津軽越中守屋敷の手前で右に折れた。こちらは大小の旗本や御《ご》家人《けにん》の家が密集している。二人は左に折れ、右に折れ、まっすぐ行ったかと思うと、また左に折れたりする。

感づかれたのかもしれないと思ったが、滝口らは一度も振り返っていない。大丈夫だと自分にいい聞かせる。

雲がいつしか風に払われ、青々とした高い空になった。一羽の鳶《とんび》が気持ちよさそうに大きく旋回していた。

滝口と連れの男は御竹蔵にぶつかる手前で、また南割下水を渡った。おかしなことだと、首をかしげたくなる庄吉だが、そのまま尾行をつづけた。

本所亀沢町《かめざわちよう》に来たとき、滝口の連れが、左の小路に入って姿を消した。滝口はまっすぐ回向院のほうへ歩いてゆく。土地のものが御台所町《おだいどころまち》というあたりだった。

しばらく行ったときだった。庄吉は背後に人の気配を感じた。足音がだんだん迫ってくる。先を急ぐものが来たのだろうと思ったあとで、まさかといやな胸騒ぎを覚えた。

おそるおそる後ろを振り返ったとき、ひとりの男がすぐそばに迫っていた。一瞬にして庄吉は顔を青ざめさせた。

「何やつだ」

問われたときには、素速く引き抜かれた刀の切っ先を首筋に突きつけられていた。目の端で滝口が振り返って戻ってくるのがわかった。

首筋に突きつけられていた刀が鋭く動き、被っていた笠が払われた。庄吉の顔が白日《はくじつ》の下に晒《さら》された。

「や、おぬしは？」

男が驚き、

「庄吉ではないか」

と、やってきた滝口がいった。

「尾けてくる妙な物乞いがいると思ったら、おまえだったか……」

しまったと思ってもあとの祭りで、庄吉は逃げようがなかった。それに滝口にがっちりと襟をつかまれていた。

「立松さん、どうします？」

滝口が長芋顔の男に聞いた。立松というらしい。

「とりあえず、そっちで話を聞こう」

庄吉は樫《かし》の大木の下に連れてゆかれた。

「なんのために尾けたりなどした？」

「そ、それは……」

庄吉は立松の鋭い眼光に怯えた。以前ならこんなことで気弱になったりしなかったが、今は追われているという負い目があるせいか、肝っ玉がすくんでいる。

「なんだ？　はっきりいえ」

滝口が襟首を締めあげた。

「まさか、植田大三郎に頼まれたのではあるまいな」

「植田……」

思いもしない名が出たことに、庄吉は驚いた。

「いえ、いわぬか」

「そ、それはおれが思い違いされているから、あんたらにその思い違いを解いてもらわなきゃならねえと思って……」

「思い違い……？」

滝口は立松と顔を見合わせて、話せとうながした。

庄吉は正直なことを、ときどきつばを呑み込みながら早口で話した。

話を聞き終えた二人は、何がおかしいのか短く笑い、

「思い違いをしていたのは、どうやらおまえのようだ」

と、立松がいった。

「へ、どういうことで？」

「わしらはお紋などという女は知らぬ。おまえが植田大三郎とつるんでいたのを知り、それで話を聞こうと思っていただけだ」

「何ですって……」

「植田はわしらの敵だ。本多家に仇《あだ》をなした張本人だから、目を皿のようにして捜していたというわけだ。昨日、その植田に会うことができたが、取り逃がしてしまった。おぬしは植田の居場所を知っているのではあるまいな」

「し、知りません。でも、植田が江戸に……」

「ほんとに知っておらぬか？」

「あの男のことは知りたいとも思わないし、会いたくもない。いなくなったんで

清々《せいせい》していたところなんです」

　立松と滝口は顔を見合わせた。

「おまえは本多家の中間部屋に植田と来たことがあるな」

「は、はい。一度だけ……」

「そのとき、植田が本多家で人を殺《あや》めたことも知っておるな」

　庄吉はごくっとつばを呑んで、三月ほど前のことを思い出した。

　あの晩、本多家の中間部屋に行ったのは初めてだった。ちょろい賭場《とば》があると、人づてに聞いてのことだった。実際、庄吉はついていた。だが、厠から戻ってきた植田がすぐに帰るといった。庄吉はいやがったが、植田はそれを許さなかった。

　結局、逆らうことができずしぶしぶ本多家を出たのだが、そのあとで人を殺したと植田から聞いてびっくりしたことがあった。

「どうなのだ？」

「はい、知っております。でも、おれは何の関係もありません」

「植田の居場所をほんとに知らぬか？」

「知りません」

「それなら心当たりのあるところはないか？」

庄吉は目を泳がせてから答えた。

「神楽坂にお杉という婆さんがやっている饅頭屋があります」

立松と滝口は小さな落胆のため息をついた。

「ともかく、おまえをこのまま見逃すわけにはいかぬ」

「ど、どうしようというんです?」

庄吉は顔を青ざめさせた。

二

菊之助と次郎は、磯亭の暖簾を撥《は》ね上げて出てきたところだった。

「他に男のいたようなことは……ないということか……」

菊之助はそうつぶやいて、小さなため息をつき、通りを眺めた。行商人や侍、あるいは娘たちが行き交っている。平穏《へいおん》な町がそこにあった。

お紋の男関係を調べ直したのだが、新たなことはわからなかった。

「菊さん、どうします? 宿市の市右衛門はどうなんです?」

「市右衛門のことは秀蔵にまかせている。何かあれば連絡《つなぎ》があるはずだ」

「それじゃ、どうします？　庄吉の行方もわからずじまいだし、このままでは……」

菊之助は次郎のいわんとすることがよくわかっていた。今日明日にでも、庄七やお米は庄吉のことを知ることになる。ついに日本橋の高札《こうさつ》に、庄吉の手配《てくば》りが掲げられたのだ。日本橋にあるということは、両国広小路の高札場にもあるということだ。これ以上隠しようがない。

くっと口を引き結んだ菊之助は、

「井筒屋の嘉吉に会って、一度、長屋に戻ろう」

と、いって足を進めた。

「庄七さんに話すんですね」

「そうしようと思う。その前に嘉吉にたしかめたいことがある」

そのまま本町四丁目の井筒屋に向かった。

店に入り若い奉公人に嘉吉を呼んでもらうと、内証《ないしょう》（台所）のほうから腰を低くして出てきた。

「これは旦那さん、今日はお二人連れで……」

嘉吉は愛想《あいそ》よくいって次郎に微笑む。

「おまえさんのお内儀にも話を聞いたのだが、もう一度、おまえさんに聞きたいことがあってな」

「話せることでしたら何でも。それならこちらへ……」

嘉吉はうながしながら、今日は忙しいので手短にお願いすると釘を刺した。

帳場横の客間に通された菊之助は、早速本題に入った。

「直截に聞くが、お紋が他の男と付き合っていたようなことを聞いたことはないか?」

柔和だった嘉吉の顔がわずかに硬くなった。

「他の男と……」

「つまり、おまえさん以外にということだよ」

「いえ、それは知りませんで……」

「そんな話を聞いたことはなかったんだな。もっとも、お紋が他にも男がいるようなことをいったとは思えないが、ともかくおまえさんは、お紋が市右衛門に囲われたあとは関係を絶ったのだな」

「もちろんでございます。そんな野暮なことはいたしませんよ。さ、どうぞ……」

嘉吉は茶を勧めた。

「お紋が殺された晩のことだが、おれにいったことに偽りはないだろうな」

「もちろん、ございません」

そういった嘉吉は、一瞬、不愉快そうな顔をして茶を飲んだ。何気《なにげ》ないことだったが、菊之助は嘉吉の所作《しょさ》にわずかに目を細めた。

「他に何か……」

湯呑みを茶托に戻して、嘉吉が顔を上げた。菊之助は嘉吉の左手に目を注いでいたが、

「いや、もうよい。たびたび邪魔をして申し訳ない」

そういって、腰をあげて井筒屋を辞去《じきょ》した。

そのまま長屋に戻るつもりだったが、伊東屋にまわって藤一郎に会った。嘉吉は堂々としていたが、藤一郎はびくびくした様子で菊之助に応対した。その日も何かに怯えているように見えた。

「あの、今日は……」

「悪いが、その腕の傷を見せてくれないか」

「これですか……」

藤一郎は晒を巻いた手首を見てしばらく逡巡《しゅんじゅん》したが、思い切ったようにほどいた。

「どうぞ……」

菊之助は右手首をつかんで、傷痕をたしかめた。傷には瘡蓋《かさぶた》ができており、治りかけていた。藤一郎は釘に引っかけたといったが、たしかにそのような傷だった。包丁で切った傷とはあきらかに違った。

それから、嘉吉にぶつけた同じ質問をしてみた。

「他に付き合っていた男はいたかもしれませんが、そんな話は聞いたことありませんし、もしそうだったとしても、お紋のことですからうまく隠していたと思います」

「……そうかもしれぬな。いや、邪魔をした」

そういって腰をあげると、藤一郎は心なしかほっとした顔をした。

「菊さん、何か引っかかるものがあるんですね」

次郎が歩きながらいう。

「ぼんやりとだが、どうもはっきりしない」

「嘉吉が左利きってことですか……」

菊之助は次郎を見た。

「おまえも気づいたか。だが、ただそれだけのことかもしれない」

「……それで今度はどこへ？」

「長屋に戻る」

菊之助はそういって足を速めながら、これからどのように庄七に話そうかと頭の整理にかかった。隣を歩く次郎が何かを話しかけてきていたが、菊之助はほとんど上《うわ》の空《そら》で、曖昧な返事をするだけだった。

「菊さん、おいらの話をちっとも聞いてないでしょう。菊さん」

「うん、ああ……そうだ」

「かー、まったく」

次郎が口を尖《とが》らしたのは、源助店のすぐ近くだった。菊之助が足を止めたのはそのときだった。近くの茶屋から、立松左五郎が現れたのだ。

つづいて滝口も、そしてもうひとり。

「あ！」

驚きの声を漏らしたのは、次郎だった。

三

「庄吉……」

菊之助は次郎の声で、滝口のそばに立つ若い男をじっと見つめた。男は一見きかん気の強そうな目で見返してきたが、すぐに視線を外した。

「おまえが庄吉だったか……」

菊之助がそういったときだった。いきなり次郎が庄吉につかみかかった。

「てめえ、ふざけたことしやがって。親を何だと思ってやがる！　おいらたちがどれだけおめえのことを考えて足を棒にしていると思ってんだ。人の気持ちってものがてめえには足りねえんだ！　馬鹿野郎が！」

「放しやがれ、この野郎ッ」

庄吉が怒鳴り返して次郎をふりほどき、拳骨を固めて身構えた。

「やめないか」

滝口が止めに入ろうとしたが、菊之助がそれを制して首を振った。次郎と庄吉は向かい合ったままにらみ合っていた。庄吉は身構えているが、次郎は肩を上下に動かして腕をだらりと下げていた。

「殴りたきゃ殴れ。だが、その前に一言いわせてもらうぜ」

「なんだ?」

「おめえは何もわかっちゃいねえ。おいらがこんなこといえた義理じゃねえが、あえていわせてもらうぜ。おめえのおとっつぁんもおっかさんもな、おめえのことが可愛くて、好きで好きでたまらねえんだ。おめえにそばにいて、もっと甘えて我《わ》が儘《まま》いってもらいてえんだ。それをおめえは、いっちょ前の大人を気取っているのか何か知らねえが、親不孝ばかりしてるっていうじゃねえか。挙《あ》げ句《く》、遊び金ほしさに、親にせびってもいやがる。どんなに意気がったって、そんなのはくずだ」

「……」

庄吉は悔しそうに唇を嚙《か》み、拳をふるわせた。

「だけどよ、おめえのおとっつぁんもおっかさんも、いつか自分のところに戻ってくると、親のことをわかってくれる日が来ると信じて、おめえを許してくれているんだ。やさしいいい親じゃねえか。人に情けをかけてくれる、ほんとにいい親じゃねえか。なぜもっと大事にしてやらねえんだ」

「うるせえ」

「黙れッ」

次郎は庄吉を遮ってつづけた。

「おめえは親が年寄りだからっていやがってるらしいが、とんでもねえことだ。遅く生まれた一人っ子だから、それだけ大切に可愛がってもらったんじゃねえのか。大事に大事に育てられたんじゃねえのか。そんな親を何で泣かすようなことをしやがる。親のことを真剣に考えたことがあるか。親があと何年生きるか考えたことがあるか。おとっつぁんは体が悪いじゃねえか。それなのに、おめえが心配をかけつづけるから病気だって治らねえんだ。いい加減目を覚ましやがれってんだ、この野郎がッ」

次郎は庄吉を殴った。庄吉は抵抗しなかった。殴られた頬に手をあて、じっと次郎をにらんだままだった。

「てめえの不始末はてめえで片づけろ。今さら遅いかもしれねえが、親の前に土下座して謝りやがれ。わかってんのか、この野郎ッ！」

怒鳴り散らす次郎の目は真っ赤になっていた。

黙って見ていた菊之助は、そばに人の気配を感じてそちらを見た。いつの間にかお志津が立っており、目に浮かぶ涙を指先で押さえていた。

菊之助はそんなお志津に、静かにうなずいてやり、

「次郎、もういい。そのへんにしておけ」

次郎と庄吉の間に入り、二人を分けた。

「だけど、おいらは……」

そういった次郎の目から涙がつたい落ちた。

菊之助は大きなため息をついて、次郎の肩をやさしく叩いた。

「昼のひなかに、表で湿っぽいことを……。ともかくわけを聞かせてくれ、庄吉。それに立松さん、どうしてこいつを？」

「一言では申せませんので、どこかで話しましょう。こんな通りでは……」

「それなら、うちにおいでください」

お志津が提案した。立松と滝口がきょとんと首をかしげた。

「わたしの女房です」

菊之助はそういって、みんなを家にうながした。

「裏からまわろう」

庄吉を親に会わせるのは、話を聞いてからでいいと思った。

「すると、おまえは本当にお紋を殺しちゃいないんだな」

あらかたの話を庄吉と立松から聞いた菊之助は、神妙な顔で座っている庄吉を眺めた。他のものたちも庄吉に目を向けていた。

「天に誓って、あっしじゃありません」

「それじゃ、下手人に心当たりはないか？」

「ですから市右衛門の旦那じゃないかと……」

「だが、その証拠はない。そうだな」

「へえ。てっきりこのお侍さんたちが、市右衛門の旦那に雇われていたんじゃないかと思っていたんですが……」

「まあ、おまえの話を聞けば、無理はない。それで、殺されていたお紋を見つけたときのことだが、お紋に刺さっていた包丁はどっちの胸にあった？」

「どっちの……」

庄吉はしばらく目を宙に向けて考えた。

「たしかこっちだったはずです」

庄吉は自分の右胸に手をあてた。

「やはり、右か……。それでお紋の着物はどうだった。乱れていたか？」

「そんなに乱れてはおりませんでした」

「仰向《あおむ》けに倒れていたんだな」

「はい、居間にあがったところで……」

「それは尻餅をついたような恰好だったように見えなかったか？」

「そういわれれば、そんな気もしますが、あのときは何せ、どうしていいかわからず、細かいところまで見る余裕がありませんでしたから……」

「それはそうだろう。ところで、お紋に他の男がいたような節はなかったか？」

「さあ……それは、あっしには……でも、あんな女ですから、いたかもしれませんん」

「そうか……」

菊之助は腕を組んで考えた。

全員がそんな菊之助を見ていた。お志津が茶をついでまわった。菊之助はその茶に口をつけ、あらためて庄吉に目を向け直した。

「おまえはお紋と会うときは、いつもおまえの家で会っていたのだな」

「それはまあ、最近ですが……その前は決まった店がありました」

「どこだ？」

「柳橋の〈明月楼《めいげつろう》〉と向柳原《むこうやなぎわら》の〈霧屋《きり》〉という出合茶屋です」

「明月楼と霧屋……」

「お紋はよく知っているようでしたから、以前にも使っていた店だと思うんです」

その言葉に、菊之助はきらっと目を光らせた。それから次郎を見た。

「次郎、今いった店を知っているか？」

「いえ」

「庄吉、その店の場所を詳しく教えてくれ」

明月楼は柳橋の入堀《いりほり》に近い、浅草天王町《てんのうちょう》代地。霧屋は神田川に架かる和泉橋《いずみ》のそばだった。店は男女の密会場に使われるところだから、近くに行けばすぐわかるはずだ。

「次郎、店のものにお紋を覚えているものがいたら、どんな連れがいたか、それを聞きだしてくるんだ。年恰好もそうだが、名がわかればなおいい」

「承知しやした。それじゃ、すぐに」

次郎が家を飛び出していくと、菊之助はもう一度、庄吉にお紋の死体発見時のことと、植田大三郎について問い質した。

お紋を見つけたときのことについては、これまでと変わらなかったが、庄吉は植田に迷惑をしていたようだ。

「あの浪人は、なぜかあっしには親切というか、とくに乱暴な真似はしないんです。あっしといると安心するみたいなことをいって、ふらりとあっしの前に現れるんです」

「どこで知り合ったんだ？」

「よく出入りしていた明神下《みょうじんした》の賭場です。もうそこはありませんが、負けが込んでいたあの浪人に金を貸してやったのがきっかけでして……」

「それじゃ、やつがよく行く場所に心当たりがあるのではないか」

そういって必死の目を向けたのは立松だった。

「それはわかりません。あの浪人はあっしの行くところに案内しろというだけでしたから。それで請われるままそうしていただけです。気色の悪い浪人だし、腕っ節もあるようでしたから、あっしもいっしょにいると妙に安心できるところもありはしましたが……」

「危害は加えられなかったんだな」

菊之助だった。

「そんなことは一度も」

「神楽坂の饅頭屋に行ったことはあるか？」

「一度だけ連れて行ってもらったことがあります」

そのとき戸口で声がした。お志津がすぐに気づいて菊之助を振り返った。

「横山さんのようですわ」

四

ひと目で八丁堀同心とわかる秀蔵が入ってくると、庄吉は地蔵のように体を固めた。秀蔵は居間に揃っている顔をひと眺めして、

「表で待っていな」

と、連れてきた五郎七に指図して差料《さしりょう》を抜いて上がり口に座った。

「いったい何の話し合いだい？」

そういう秀蔵の目は庄吉に注がれている。まさか、とつぶやきもした。

「そうだ。こいつが庄吉だよ」

菊之助が教えると、秀蔵の眉がきりっと上がり、目が厳しくなった。

「なるほど、おめえが庄吉か。ずいぶん捜したぜ。で、どこをうろついてやがった」

その問いには、菊之助が代わって答えた。ついでに、これまで聞いたことをかいつまんで話してやった。

「そうかい。おめえが無実なら世話ねえ。だが、嘘なんかついてたら、そのそっ首がどうなるかわかってんだろうな」

「嘘なんか申しておりません」

庄吉は体を小さくして答えた。

「ま、いい。それで市右衛門についてあれこれ調べを尽くしたが、あの男にお紋を殺すことは無理だ。人を雇ったということも考えたが、それもないようだ。だし……」

言葉を切った秀蔵は、顔も体もこちこちにさせている庄吉をにらむように見た。

「庄吉、悪いことはできねえもんだな。市右衛門は、おまえとお紋の仲に薄々感づいていたようだ。いずれ釘を刺そうと考えていたらしいが、あんなことになっちまってと、心の底から残念がっていたぜ」

「そ、それじゃ、市右衛門の旦那は殺しには……」

「何も関わっちゃいねえ」

「それじゃ、いったい誰が……」

「それはこっちが知りてえとこだ。それで、おまえにはあれこれ聞きたいことがあるのだが、さてどうするか……」

秀蔵は家のなかをぐるりと眺めた。

「ここじゃお志津さんに迷惑だ。番屋で口書《くちがき》を取ることにするか。五郎七」

呼ばれた五郎七が、すぐ戸口に顔を出した。

「こいつを番屋にしょっ引いて調べる」

「へい」

「庄吉、立ちな」

「秀蔵、本所方に庄吉が見つかったことを知らせなきゃならないのではないか」

菊之助は腰をあげた秀蔵にいった。

「おまえにいわれるまでもない。それで、おまえはどうするんだ？」

「次郎が調べに走っている。じきに戻ってくるはずだ」

「それじゃ、近くの番屋で待つことにするか。立松さん、あんたらはどうする?」

「神楽坂の饅頭屋を見張ろうと思っております」

「気をつけるんだ。相手はやわなやつじゃない。見つけたら早まらずに、おれたちに知らせることだ。今度は手首のひとつや二つじゃすまないだろう」

「……心得ましてございます」

立松は殊勝に応じた。

それから皆、菊之助の家を出た。立松と滝口は神楽坂へ。他のものは庄吉を連れて、高砂町の自身番に入った。

菊之助は家を出るときお志津に、次郎が帰ってきたら番屋に来るようにと、言《こと》付《づ》けを頼んでおいた。じきに次郎はこっちにやってくるはずだ。

自身番はどこもそうだが、狭い。おおむね腰高障子を開けると、狭い土間に三尺張り出しの式台があり、上がったところが町役や番人の詰める三畳の間、その奥が同じく三畳の板の間となっている。板の間は疑わしい者を一時留めるのに使う。

よって秀蔵と五郎七、そして庄吉が三畳間に入り、それに書役《かきやく》が加わるので菊之助の居場所はない。仕方なく式台に腰をおろして、秀蔵の訊問《じんもん》を聞くことにした。

さすが町奉行所の同心らしく、秀蔵の訊問は堂に入っており、また念入りである。庄吉は聞かれることに、素直に答えていた。

次郎がやってきたのは、それから間もなくのことだった。息を切らし、顔を上気させ、目を輝かしていた。

「菊さん、霧屋で妙なことを聞きました」

次郎は開口一番にそういった。秀蔵の取り調べの邪魔になるといけないので、菊之助は次郎を表に出した。

「気になることとは?」

「へえ、お紋は霧屋の常連だったらしく、店のものはよく覚えておりました。それで、庄吉じゃない男と店に出入りしていたことがわかりました」

「それは……」

菊之助は目を瞠った。

「店のやり手の話を聞くと、どうも年恰好から井筒屋の嘉吉のような気がするんです」

「……やはり」

菊之助は目を厳しくして応じた。

「やはりって、それじゃ菊さんは嘉吉だと思っていたんですか？」

「ぼんやり、そうではないだろうかと思っていただけだが、こうなるとおれの考えたことに間違いはないはずだ」

「それは……」

「嘉吉が霧屋に出入りしていたのは、いつごろのことだ？」

「十日ぐらい前に来たと店のやり手はいってます」

「そうだったか……」

つぶやいた菊之助は、空にぽっかり浮かぶ白い雲を見てから、自身番のなかに戻った。

「秀蔵、ちょいといいか……」

秀蔵をそばに呼んで耳打ちした。庄吉が落ち着きのない不安そうな顔で見てくる。

「どうする？」

聞かれた秀蔵は、唇を引き結んでしばらく宙の一点を凝視した。

「よし、おれも立ち会う。だが、これからのことはおまえにまかせる。お手並み拝見だ」

「それで、いいのか」

「二言《にごん》はねえさ」

庄吉の見張りを五郎七にまかせて、菊之助たちは自身番を出た。

五

井筒屋は常と変わらぬ繁盛ぶりであった。

暖簾をくぐると、奉公人たちの声が一斉に飛んでくるが、今日だけは少し違った。菊之助のあとから黒紋付きの羽織に着流しという、ひと目で八丁堀同心とわかる秀蔵が入ってきたからだ。

奉公人たちは一瞬息を呑んだが、それでもすぐにそれぞれの仕事に戻っていった。ただし、帳場のそばで客の応対をしていた手代の嘉吉だけは、傍《はた》迷惑そうな目を菊之助に向け、

「少しお待ちいただけますか。他の者を寄こしますので」

と、客に断りを入れて、そそくさと菊之助のそばにやってきた。

「旦那さん、またでございますか。話すことはもう何もないと思うのですけどね」

「そうかな。おれにはいろいろ話したいことがあるのだがな」

菊之助が遠慮のない口ぶりでいうと、嘉吉の目が秀蔵に動いた。秀蔵は、にやりと頬に笑みを浮かべただけだ。

「なに、手間は取らせぬ。たしかめたいことが二つ三つあるだけだ。店が都合悪ければ、どこか余地《よそ》でしてもいいいんだがな」

「それじゃ、まあ……」

嘉吉は後ろを振り返って、下の奉公人に自分が相手をしていた客をまかせ、奥座敷に案内してくれた。店に上がったのは菊之助と秀蔵だけだ。次郎は表に待たせた。

長火鉢を間に挟んで、菊之助は嘉吉と向かい合った。菊之助の隣には秀蔵が座る。

「それで、どのようなことを……」

「お紋との付き合いはいつやめた?」

菊之助は単刀直入に聞いた。

「お紋との……それは前に申しましたとおり、二年ほど前だったでしょうか」

「ほんとにそうかね。嘘をいっちゃいけないぜ。ここにいるのは町方の同心だ。これからおまえがいうことの証人になるんだ。言葉には気をつけなよ」

菊之助は伝法な口調で、嘉吉をにらむように見る。

「二年前にお紋との縁は切ったんだな。それに間違いはないな」

「……はい、間違いありません」

「そうかい。それじゃ、霧屋って出合茶屋は知っているな」

嘉吉はもぞもぞと尻を動かし、じわりと浮かんだ額の汗をぬぐった。

「どうなんだ？」

「知っております」

「だろうな、十日ばかり前にもそこを使ったな」

「え、それは……」

嘉吉の目が忙しく左右に動く。

「どうなんだ？」

「あ、はい」

「相手は、お紋だった。……そうだな」

嘉吉の血色のよい顔から血の気が引いていくのがわかった。

「あれは、偶然のことでした。通りでばったり出会って、それで久しぶりだから酒でも飲もうかということになり……」

「霧屋にしけ込んだのか。……て、ことはお紋との縁を切ったのは二年前じゃないってことだ。おまえはおれに嘘をついた」

「いえ、そんなつもりでいったのではございません。お紋とは本当に偶然出会っただけで、あれきりでしたので……」

「そうかい、それじゃまあ、そういうことにしておこう。問題はお紋の殺され方だ」

「は……？」

嘉吉の目が点のようになった。ついで、やっと気づいたように茶を淹れはじめたが、その手許はかすかに震えているようだった。菊之助はかまわずにつづけた。

「お紋は右胸に包丁を突き立てられていた。それに抗った様子もなかった。つまり、お紋は正面からこのあたりをひと突きされたというわけだ」

菊之助は自分の右胸を軽く叩いていった。

「だが、手にした包丁をお紋が見れば逃げるはずだ。下手人は逃げられないように、お紋を引きつけて、おそらく首に腕をまわして、ひと突きしたんだろう」

「さ、さようでございますか」

「嘉吉、何をおろおろしてやがる」

「いえ、そんなことは。どうぞお茶を」

嘉吉が茶を差し出す手許に、菊之助は目を向けた。

「秀蔵、見てみな。嘉吉は左利きのようだ」

「うむ」

嘉吉は差し出した手をそのまま止めて、菊之助を上目遣いに見た。

「おれが最初にここを訪ねたとき、おまえはおれの草履を揃えてくれた。それも左手で。そして今朝、この店に来たときも今と同じように左手で茶を差し出した」

「これは生まれつきなものでして……」

「もし、下手人が右利きだったら、当然包丁は右に持っていた。そして、逃げられないように左手でお紋の肩をつかむ、あるいは首に腕をまわし、包丁を突き刺す。もし、そうだったなら、お紋は左胸を突かれたはずだ。だが、包丁は右胸に突き立てられていた」

「……そ、それが……」

嘉吉はあきらかに動揺している。鉄瓶の湯気の向こうにある顔に余裕の色はない。

「みなまでいわなきゃわからないか、嘉吉。……そこまで白《しら》を切るなら、もう少しおれの話をしよう」

菊之助はずるっと音を立てて、茶を飲んだ。

「そりゃ、お紋の背後に回り込めば、右利きでも右胸に包丁を突き立てることができる。もちろん、前からでもできないことはないだろう」

「………」

嘉吉は膝許に視線を落として黙り込んだ。

「ともかくおまえは、二年前にお紋との縁は切ったとおれに嘘をついた」

「ですから、それは……」

「黙れッ」

低く強くいった菊之助に、嘉吉はびくっと首をすくめた。

「お紋は多情な女だった。だが、おまえはそのお紋と縁を切ることができなかった。お紋が宿市の市右衛門に囲われたあともひそかに密通していた。だが、若い庄吉とお紋が通じていることを知って許せなくなった。かねてより、女房のおきんが家を空ける晩を知っていたおまえは、庄吉の家にお紋が行ったことを知り、こっそりあとを尾《つ》けた」

「それは……」

「人の話は最後まで聞くもんだ。あの晩、庄吉の家に行ったおまえは、戸口の前で声をかけた。お紋はすぐには返事をしなかっただろうが、あきらめて戸を開けてくれた。だが、いつ庄吉が帰ってくるかわからないので、あまり長居はできない。おまえはお紋を短くなじって、あっさり思いを遂げた。そうだな……」

「ふふふ、それはあまりにも勝手な推量ではございませんか。わたしはそんなことは決して……」

「してねえっていい張るか、嘉吉」

遮っていったのは秀蔵だった。

「いい逃れはできねえんだぜ。いいか、嘉吉。お紋の胸に刺さっていた包丁は番所に後生《ごしょう》大事に取ってある。さて、その包丁はどこのものだったろうか……。この店のかもしれねえが、おまえの家の台所にあったものかもしれねえ。もし、そうだったらどうする？」

「何をおっしゃってても決してわたしではありません。神仏に誓ってわたしは殺しなどやっておりません」

嘉吉は毅然《きぜん》といい張った。

菊之助はその顔をまじまじと見つめた。嘉吉は挑むような目を向けてくるが、それは何かを必死に押し隠しているようにも見えた。隠しているとすれば、何を隠しているのだ。嘉吉でなければ、誰がいったい……。

菊之助は腕を組んで頭をめぐらした。座敷奥から女たちの声が聞こえた。こういった店の表には女の奉公人は滅多に出てこない。

店先で客を送り出す奉公人の声も聞こえてきた。

「どうした?」

思惟《しい》に耽《ふけ》っている菊之助に秀蔵が聞いた。そのとき、縁側を奥に歩いてゆく女中の後ろ姿が見えた。あることが頭に浮かんだのはそのときだった。

「ひょっとして……」

そうつぶやいた菊之助は、嘉吉に目を向け直した。

「嘉吉、つかぬことを聞くが、女房とはうまくいっているか?」

「は、突然何でしょう。別に喧嘩などはしておりませんが……」

「それならいいが、気になる女がいる」

「女……」

秀蔵がつぶやいた。菊之助は嘉吉から目をそらさずにつづけた。

「そう女だ。お紋が殺された日に、庄吉の家を訪ねた女がいる。お初という婆さんがその女を見ているんだ。同じことを本所方の三宅も聞いている。おれも三宅も、お初はお紋のことをいっているのだろうと思った。だが、おれは気になって庄吉の母親のお米さんにも、その日のことを聞いた」

嘉吉が菊之助の視線を外すように、湯呑みを取って口につけた。

「お米さんは、その日、庄吉の家には行っていない。調べ忘れた女がひとりいる」

「誰だ？」

菊之助は秀蔵の問いかけを無視して、嘉吉を見つめつづけた。

「嘉吉、おまえの女房は、あの日、谷中の親戚の法要に出かけたらしいな」

「………」

「女房の名はおきんだったな」

「……は、はい」

嘉吉の顔から自信の色が失せてゆく。菊之助は自分の見落としに気づいた。

「そうだったか……。嘉吉、おきんなら庄吉の家に行くことができる。もしや、おきんはおれに嘘をついていたのかもしれない」

「そんな……」

と、小さな声を漏らした嘉吉だったが、突然ぶるぶると、瘧《おこり》にかかったように震えだした。

頰の肉も揺れるほどだ。菊之助は嘉吉から目をそらさずになおもつづけた。

「秀蔵、あの日、おきんが行った谷中の親戚の家に手先を走らせてくれ。そうすりゃ何もかもはっきりするはずだ。ひょっとすると、その親戚の家から包丁がなくなっているかもしれない」

「何だと。するとと嘉吉の女房が……おい、嘉吉」

秀蔵が眉間《みけん》にしわを刻んで厳しい目になると、嘉吉はその場にばったりと顔を伏せて低く声を漏らした。

「お、お許しください。わたしは決して殺しなどはしておりません。で、ですがお紋を殺したのは……」

「知っているのだな」

「は、はい」

「それじゃ、下手人のことを聞こうじゃねえか」

秀蔵の声に、嘉吉は苦しそうな顔を持ちあげた。

六

「あれは十日ほど前のことでした。店が終わったあと、わたしはひとりで横山町の行きつけの店に向かったのですが、その途中でお紋と出くわしました」

先に気づいたのは、お紋のほうだった。

――あれ、これは井筒屋の手代さんではありませんか。ご無沙汰をしております。

お紋はにこやかな顔で近づいてきて、どこへ行くんだと訊ねた。

――そのへんで軽くやろうと思ってねえ。それにしても元気そうで何よりだ。どこへ行くんだね。

――どこへって、ただぶらっと気晴らしに家を出てきただけですよ。もしよかったら、ごいっしょさせてくれないかしら。

色香を漂わせているお紋は、誘惑するような流し目を寄こしてきた。一度は深い仲になった二人であるし、嘉吉もたまにはいいだろうと思った。それで、予定していた店ではなく、柳橋近くの小体《こてい》な料理屋に入って盃を傾けあった。

久しぶりのことでもあり、話は尽きなかった。

「酒の酔いも手伝ったのでしょうか、わたしが焼けぼっくいに火がついたような心持ちになっておりますと、お紋もそばにすり寄ってきて、わたしの手に自分の手を重ねます」

——ねえ、昔のよしみで、火遊びでもして楽しまない？

そういってしなだれかかられた嘉吉は舞い上がった。

「それで、二人きりになれるところに行きたいと申しますので……」

——それじゃどこか、いいところはないだろうか？

——あるわよ。人に聞いたんだけど、落ち着ける店があるの。

——いいだろう。それじゃ、そこに行こう。

「それが霧屋だったんでございます」

霧屋に入った嘉吉とお紋は、昔を懐かしむように互いを求め合って店を出た。

「お紋と別れたのは、その店の前でした。それでまっすぐ家に帰ったのですが、女房の様子が変でございました。いつになく機嫌悪そうにしております。それで、どうしたのだと訊ねると、逆にわたしのことをあれこれ聞いてまいりました。まさか、お紋と酒を飲んで枕を並べたなんてことはいえません。しかし、女房は知っていたのです」

——いくらでも嘘をおっしゃいな。わたしは見たのですよ。

嘉吉は顔には出さなかったが、狼狽《うろた》えた。

——あんたはお紋とよりを戻したのだね。あれだけやめたといっていたくせに、どうしてわたしを裏切るようなことをするんだい。

——何をいってるんだ。

——白を切ったって無駄よ。わたしはあんたが横山町であの女と会って、それから柳橋で酒を飲んで、出合茶屋に入ったのを見てるんだよ。そこまでいえば、今夜あんたが何をしていたかわかるだろう。

「まったく気づかないことでじた。わたしがお紋に会ったのが偶然なら、女房がわたしとお紋が会ったのを見たのも偶然だったのです。わたしは魔が差しただけで、一時の気の迷いに負けたのだと言いわけをして、土下座をして謝りました。それでどうにか許してもらったと思ったのですが……」

その五日ほど後の夜だった。

親戚の家に行っていた女房のおきんが、何だか惚《ほう》けたような顔で帰ってきた。

——何だ、ぼんやりした顔をして……。

そう声をかけると、おきんは嘉吉に体を向けて、片手を上げて見せた。その手のひらが赤く濡れたように汚れていた。

——怪我でもしたか。ずいぶん血がついているじゃないか。

嘉吉は手当てをしてやろうと、薬を取り出すために簞笥に手を伸ばした。

——殺しちまったよ。

ぽつん、といったおきんの言葉に、嘉吉はえっとなって振り返った。

——お紋を殺しちまったんだよ。

おきんはそういって突っ伏すなり、おいおいと泣きはじめた。


「やはり、そうだったのか……」

すべてを聞き終えた菊之助は、庄吉の長屋のお初という婆さんの話を軽視したことを悔やんでいた。お初は、お紋ではない、つまり嘉吉の女房・おきんを見ていたのだ。

「女房は人一倍の焼き餅焼きでして……耐えるに耐えられなくなり、あの日の朝からお紋を尾《つ》けまわしていたといいました。ですが、女房は殺すつもりはなかった。ただ脅すだけのつもりだったと申しております。おそらくお紋の顔を見て、歯止めが利かなくなったんでしょう。も、申しわけございません」

がばりと頭を下げた嘉吉は、小さな嗚咽《おえつ》を漏らして肩を震わせた。

菊之助と秀蔵は、しばらく声もなく黙り込んでいた。

「どうする？」

先に口を開いたのは菊之助だった。

「ともかく嘉吉の女房からも話を聞かなきゃならねえ。嘉吉、おまえさんの女房に会うが、おまえもいっしょについてくるんだ」

嘉吉の家に行ったのは、それから間もなくのことである。

八丁堀同心と菊之助を連れて現れた夫に、おきんは目を丸くして驚いた。

「何か、あったのですか？」

「おきん……お役人の旦那に、何もかも話しちまったよ」

嘉吉が静かにいうと、おきんの顔からさーっと血の気が引き、紙のように白くなった。

それからの秀蔵の訊問は手こずることがなかった。おきんはあっさり観念して、お紋殺しを認めた。

使った包丁はやはり親戚の家のもので、おきんはお紋が煙草盆《たばこ》に手を伸ばしたそのとき、袖のなかに隠し持っていた包丁を突き出して刺したといった。お紋の体が、おきんから見て右に動いたときだったらしい。だから心の臓がない胸に刺さっていたのだった。

菊之助の訪問で白を切れたのは、あやしまれないように嘉吉とよくよく相談していたからだったとわかった。また、親戚の家に探りを入れられたら、そのときは観念しようと考えていたらしい。

すべての話を聞いた秀蔵は、おきんに縄を打った。

「嘉吉、今日のところはいいが、あらためて話を聞くことになる」

「かしこまってございます」

嘉吉は秀蔵に深々と頭を下げ、

「ですが何とぞ、よきお取りはからいをお願いいたします」

と、慈悲を請う目を秀蔵に向けた。

「それは御奉行が決めることだ」

秀蔵はそういっておきんを表に連れ出した。

「菊之助、これでひとまず片づいたが、おまえの推量には兜《かぶと》を脱ぐ。よくやった」

「おれの推量は外れていた」

「いやいや。おまえの推量があったからこそ追いつめることができたんだ。そうでなけりゃ、嘉吉は折れなかっただろう。この礼は改めてするが、これからどうする?」

「庄吉の親に会う」

「そうか、しっかり安心させてやれ」

「庄吉のことはどうする?」

「やつにもあらためて話を聞かなきゃならねえが、ひとまず放免だ」

おきんを連れた秀蔵は、そういうと足を速めて、菊之助と次郎から遠ざかっていった。

七

「これは荒金さん。おや、次郎さんもおそろいで……」

訪いの声をかけると、今日は庄七が戸を開けてくれた。居間で裁縫をしていたお米が、針を動かす手を止めて頰をゆるめた。

「ちょいとお邪魔しますよ」

「ええ、遠慮はいりませんよ。さあさあ」

うながされた菊之助は、ちらりと後ろを振り返った。ばつが悪そうな顔で庄吉が戸口の横に立っていた。

「どうなさいました？　外は寒いですよ。さあ、なかに」

再度うながされた菊之助は、

「庄吉、おまえも入るんだ」

そう声をかけると、庄七とお米がびっくりしたように目を見開いた。

「庄吉がいるんですか？」

お米が尻を浮かしたとき、庄吉が戸口に現れ、申し訳なさそうに頭を下げた。

「庄吉、おまえ……」

庄七が声を詰まらせて庄吉を見つめた。

「こんなとこじゃ話はできない。それに風が入って家のなかが冷えちまう。さあ、入りな」

菊之助にうながされた庄吉が家のなかに入り、上がり口の縁に両手をついた。次郎が戸を閉める。

「おとっつぁん、おっかさん。ご心配をおかけして申しわけありませんでした。何もかもおれが悪うございました。このとおりです、どうか勘弁してください」

一瞬、戸惑ったように庄七とお米は顔を見合わせた。

「何をいってるんだい。いいからお上がり、今熱いお茶を淹れてあげるから。さあ、荒金さんも次郎さんも」

菊之助と次郎は遠慮なく居間にあがった。庄吉は借りてきた猫のようにおとなしくなっている。

「話せば長くなるんですが……」

「待ってください」

菊之助を庄吉が遮った。

「あっしに話をさせてください。あっしの不始末だったんですから……」

「いいだろう」

菊之助が応じると、庄吉はきちんと膝を揃えて座り、自分の両親を見つめた。それからゆっくりとした口調で、今回の騒ぎの一部始終を話しはじめた。

庄七とお米は、その話を静かに聞いていた。二人ともいつになく硬い表情をしていた。菊之助は茶を飲みながら庄吉の話が終わるのを待った。

ときどき表で子供たちのはしゃぎ声がしたり、路地を練り歩く付《つ》け木《ぎ》売りの声が聞こえてきた。

「……そんなわけで荒金さんや次郎さんには、迷惑をかけてしまいました。それに荒金さんは、おとっつぁんの体のことを考えて、おれを捜すまで、おとっつぁんとおっかさんにおれのことを内緒にしてくれていたんです」

「そうだったのか……」

すべてを庄吉から聞いた父親の庄七は、小さなため息をついて、自分のしわだらけの手に視線を落とした。困ったもんだねえと、言葉を漏らしもした。だが、すぐに顔を上げて、菊之助と次郎を見た。

「荒金さん、次郎さん。いろいろとご面倒をおかけいたしました。ですが、わたしも女房も、こいつのことは知っていたんです」

「それは、どういうことで……？」

今度は菊之助が驚く番だった。

「へえ、荒金さんや次郎さんが、わたしらを気遣って長屋の連中に口止めしているのは薄々《うすうす》気づいておりました。でも、庄吉が人を殺めたかもしれないという話は、三日前にちゃんとこの耳に入っていたんでございます。聞いたときは、そりゃもう驚くばかりでございましたが、きっと何かの間違いだと心のなかで祈るばかりで、事がはっきりするまで、わたしども年寄りは知っていて知らぬふりをしていたんです」

「せっかくの厚意を無駄にしちゃいけないと思ったんでございます」

お米も言葉を添えた。

「でも、わたしらは庄吉のことを信じておりました。どんな間違いがあっても、あの子にかぎって人を殺めるなんてことはないだろうと……この女房などは、朝に夕に仏や神に何かの間違いであってくれ、間違いに決まっていると祈りつづけておりました」

「おとっつぁん……おっかさん……」

庄吉は目を潤《うる》ませていた。

「おまえが余所《よそ》で何をしようが、それは勝手だ。だけど、人の道に外れたことだけはしてほしくないと思うばかりだった。それに、いずれは帰ってくると思っていたんだ」

「そうだよ。おまえの帰るところは、結局わたしらのところなんだからね。でも、庄吉。おまえの仕業でなくてよかったよ。本当はひょっとすると、やはりおまえかもしれないと、気が気でなかったんだよ。でも、疑いが晴れてよかった。ほんとによかった」

お米は感激したのか、手拭いで目頭を押さえた。

「それにしても、この度《たび》はいろいろと気を遣っていただきまして……これ、お米、庄吉」

庄七が居ずまいを正すと、お米も庄吉もそれにならって、菊之助と次郎に正対した。

「ほんとにいろいろとご迷惑をおかけいたしました。これで、できの悪い倅も少しは身に応えているはずです」

「庄吉、どうなんだ？」

菊之助は庄吉を見た。

「へえ。もう金輪際《こんりんざい》、親に心配をかけるようなことはいたしません」

「本当だろうな。ちゃんと約束できるか？」

「できます。きっぱりと博奕からは縁を切り、真面目に働くことにします」

「男に二言はないぞ」

「男の意地にかけて守ります」

「庄七さん、お米さん。庄吉がそう約束しましたよ」

「ありがとうございます」

年寄り夫婦は、深々と頭を下げた。

菊之助と次郎はしばらくして庄七の家を出た。

太陽は大きく傾いており、西の空はきれいな夕焼けになっていた。

「やっぱり親子だな」

菊之助は井戸端のそばで立ち止まった。

「菊さんのいうとおりでしたね」

「何がだ？」

菊之助はやけに真面目顔になっている次郎を見た。

「菊さん、いったじゃないですか。庄吉は迷い鳥だって。だから、いずれは羽を広げて待つ親のいる巣に帰ると……」

「そんなこといったか……」

「いいました。……でも、おいらも反省です。年下のくせに庄吉さんに偉そうな口を叩いちまった」

「そうでもないさ。あれはあれでよかった。それに、そのことに気づくおまえも偉い」

「そんなことはないです」

「いやいや、おまえはなかなか立派だった。ほんとだぞ」

褒めてやると、次郎はしきりに照れて頭をかいた。

「……それで菊さん、これで一件落着《らくちゃく》ですか？」

「いや、まだ残っていることがある」

菊之助は夕焼け空を仰ぎ見た。

鉤形になって群れ飛ぶ鳥の姿があった。

「植田って浪人のことですね」

「そうだ。あの男は放っておけない」

表情を引き締めてそういった菊之助は、蠟《ろう》のように白い植田の顔を脳裏に浮かべた。

第七章　浜町堀

一

立松と滝口は、お杉の饅頭屋のはす向かいにある汁粉《しるこ》屋を見張り場にしていた。

二人がそこに居座ってすでに一刻半はたっていた。

店の前に掲げられた幟《のぼり》が、神楽坂下から吹き上げてくる風にはためいていた。

紺地の幟には白抜きで「志《し》るこ」と染めてあった。

饅頭屋は思いの外《ほか》繁盛しているのがわかった。だが、めあての植田大三郎の姿は、とんと見あたらない。

「庄吉はどうなったでしょうか?」

滝口がつぶし餡の入った汁粉をすすりながら聞く。

「さあ、どうなっただろう……。大方、牢送りだろう。ともかくおれたちにはどうでもいいことだ」

立松は櫺子格子《れんじごうし》の向こうに見える饅頭屋に目を注ぎつづける。

「あの婆さんを問い詰める手もあるが……」

「植田と通じているでしょうから、責めても口は割らないでしょう。それに、年寄りを責めるのはどうにも気が引けます」

滝口は汁粉をすすった。

「ふむ、たしかに相手が年寄りだと厄介だ」

「まったくです。ですが、あやつはここに現れますかね。図太い男だとしても、騒ぎを起こしたばかりです。すぐには戻ってこないのでは……」

「他にあてがなければ戻ってくるはずだ」

「それはそうでしょうが……」

滝口は黙り込んだ。

立松は脇差の柄を握ったり離したりしながら弄《もてあそ》んだ。植田が現れたそのとき、どうするか考える。その場で討ち取るべきか、横山秀蔵の忠告に従うべきか……。

植田の腕が並みでないのはよくわかっている。だが、油断さえしなければ、討ち取れるはずだ。それにこっちは二人なのだ。……負けるはずがない。しかし、討ち取るとしても人目の多い表通りは避けたほうがいい。

「滝口、やつが姿を見せたら人目のないところへ誘い出したい」

「それじゃ、横山さんには知らせないということですか？」

「万全の用意をしておくだけだ。討ち取るべきだと判断したときは、そうする。やつを尾行し、隠れ家を突き止めることを忘れているわけではない」

「はは」

「裏から外に出て、邪魔の入らない場所を探してきてくれ」

「承知しました。それじゃ早速に……」

滝口は店の主に断って、裏口から店を出て行った。

見送った立松は、饅頭屋に目を注ぎ、暮れはじめている空を仰ぎ見た。紫紺《しこん》色の空に浮かぶちぎれ雲が茜《あかね》色に染まっていた。

植田大三郎は饅頭屋の屋根裏部屋にいた。しゃがんでいるだけで頭が屋根板につきそうなほどで、柱や梁《はり》が縦横に走っており、蜘蛛《くも》の巣があちこちにあった。

植田は向かいの汁粉屋の裏から、表へ回り込んだ男を見た。

あの野郎か……。本多家の家臣のひとりだな。

ぎらつく目でその男をしばらく眺め、そばの深編笠《ふかあみがさ》を手にして、屋根裏から厠横の縁側に下りた。婆さんに黙って居座っているが、とうに自分がこの家に戻ってきたことには気づいている。それでも婆さんは何も知らぬ存ぜぬの体《てい》を装っている。

変わった婆だと思うが、自分も変わっていることを植田は自覚していた。

家の裏から路地に出た植田は深編笠を被り、町屋をまわりこんで、神楽坂上に足を向けた。さっき汁粉屋を出た男が行ったほうである。

男を見つけたのは、行元寺《ぎようがんじ》の門前だった。ちょうど坂を上りきり、ゆるやかな下りになるあたりだ。植田は編笠のなかから、男に目を注ぎつづけ、妙に頭の大きな男だと思った。

男は門前町から寺の横道に入っていった。人通りが絶え、境内に鬱蒼《うつそう》と聳《そび》える竹林の脇道である。さわさわと林が風にそよぐ。道に積もった落ち葉が風に払われてゆく。

植田は気づかれないように、慎重に足を運び、鯉口を切った。

斬ってしまうか……。そう思ったのだが、鯉口をもとに戻した。

ここで男を斬れば、もうひとりの連れが無用な警戒をするようになるだろう。そうなると、あの男……。

植田が脳裏に浮かべるのは、荒金菊之助の顔であった。

こやつを斬れば、荒金に辿《たど》り着けなくなるかもしれない……。

胸の内でつぶやいた植田は、そのまま男のあとを尾けた。

男は寺を回り込んだ裏の畑地に立って、まわりを眺めていた。植田は石垣に身を寄せて姿を隠した。

男はしばらくそこに立っていたが、今度は牛込白銀町《うしごめしろがねちょう》の町屋を抜けて、神楽坂の通りに戻った。そのまままっすぐ坂を下り、汁粉屋に向かうようだ。

夕まぐれの坂上に立った植田大三郎は、坂を下りてゆく男の背中を見つづけた。やつらを尾けてゆけば、荒金菊之助に会える。それにしても、あやつは無性《むしょう》に虫が好かぬ。だが、植田はなぜそうまで菊之助にこだわるのか自分でもよくわからなかった。ときどきそんな男がいるのだ。

ただ、ひとついえるのは、あの目である。人を憐《あわ》れむような目だった。人の心を無用に読み取ろうとするあの目だ。

「くっ」

植田は男の姿が見えなくなると、唇を軽く噛んだ。それからゆっくり坂を下り、途中で右手の町屋に入った。

二

水盥《みずだらい》につけた包丁の研ぎ汁を、半挿《はんぞう》を使って洗い流す。研いだばかりの刃が、きらりと光る。菊之助は数日ためていた注文の研ぎ仕事に戻っていた。

研いだ包丁を丹念に拭き、晒に巻く。新たな一本を手にして錆《さ》び具合をたしかめ、荒砥にするか中砥にするか見極める。

手にした包丁の荒れはさほどひどくなかった。刃こぼれもない。軽く中砥を使って仕上げにかかればよい。包丁を水に浸し、砥石にさっと水を含ませてやる。

包丁の柄《え》と腹に手をあてた菊之助は、すうと息を吸い、吐き出す。それからゆっくり上体を使って手を動かしてゆく。研ぎも剣術と同じで、手先で作業をしてはならない。さらに一定の力加減で、押して引く。

しゃー、しゃーっと、乾いた音が狭い仕事部屋に満ちてゆく。菊之助は仕事に没頭しながら、植田大三郎のことを考えていた。

庄吉の一件は無事解決の方向に向かいつつあるが、本多金次郎を殺害した植田は放っておくことができない。本多家の家臣が敵討ちに奔走《ほんそう》し、町奉行所も動いてはいるが、それだけで安穏《あんのん》としているわけにはいかない。

植田はなぜかわからないが、自分を目の敵にしている。あの冷血な目は、必ずや自分を仕留めると語っていた。神楽坂下で対峙したとき、菊之助は背筋に悪寒《おかん》が走った。さらに、この男は蛇のように自分をつけ狙うだろうと直感した。

先に本多家の家臣によって討ち取られる、あるいは町奉行所の捕り方に押さえられればいいが、その保証はない。

植田が自分の住むこの長屋を探しあてたらどうなる……。

菊之助は動かしていた手を止めて、壁の一点を凝視《ぎょうし》した。植田は自分に的を絞っているだろうが、その前に長屋の者に危害を加えないともかぎらない。そんなことは決してあってはならない。

どうすればよいか……。

長々と一点を見つめる菊之助のなかで、考えがまとまりつつあった。

ともかく仕事をつづけて三本の包丁を仕上げた。あとは急ぎではないので、明日にまわすことにする。

汚れた前掛けを外し、火鉢に手をかざした。熾火を見つめ、植田のあの目を思い出した。生きているかぎり、捕らえられないかぎり、自分をつけ狙うであろう植田がいるとわかっていながら、何もしない手はない。

菊之助はぐっと奥歯を嚙んで、顔をあげた。見つけられる前に、こっちで捜し出し決着をつける。それしかない。

仕事場を出た菊之助はまっすぐ自宅に帰った。

「ご苦労様です。湯屋に行ってこられますか？」

夕餉の支度をしていたお志津がにこやかな顔で振り返った。

「ちょっと出かけてくる」

「あら、それじゃ、夕餉はどういたしましょう。遅くなりますか？」

「早く帰ってくるつもりだが、どうなるかわからんので、先に食べていてくれ」

「何か急な用事でも……」

お志津は顔を曇らせて聞く。

「たいしたことではないが、ちょっとした用を思い出した」

差料をつかむと、お志津の顔がさらに不安げに揺れた。

「刀を持って行かなければならないほどの用事なのでしょうか」

「用心のためだ」

菊之助が心なしか思いつめた顔でいうと、お志津は黙り込んだ。

「気をつけて行ってきてください」

「うむ」

心の内ですまぬと謝って、表に出た。

風が冷たくなっており、そして強くなっていた。空には冴え冴えとした月が浮かんでいる。菊之助はぶら提灯を下げて長屋を抜けた。

道端の柳がしなるように揺れていた。犬の遠吠えが夜空に広がると、それに応じるようにまた別の犬が吠え返していた。

足を向けるのは神楽坂である。立松左五郎と滝口順之助は、例の饅頭屋を見張っているはずである。

植田の行方は知れないが、手がかりとなるのは、今はあの饅頭屋しかない。

ともかく急ごうと、菊之助は足を急がせた。

三

「立松さん、いかがなされます」

「うむ」

滝口がいわんとすることは、立松にもわかっていた。饅頭屋に植田が帰ってくる様子はない。それに見張り場に使わせてもらっている汁粉屋もそろそろ店仕舞いである。

その場で夜明かしすることも考えたが、店にとっては傍《はた》迷惑だろう。別の店に頼み込む手もあるが、いささか疲れてもいた。

「引きあげて、明日出直すとするか」

「それがよいと思います」

「明日、植田が現れなかったら、あの婆さんをきつく問い詰めてみよう」

「わたしもそれを考えておりました。植田は天地がひっくり返っても罪人です。罪人を隠せば、同罪ということはあの婆さんもわかっているでしょう」

「そうだな。よし、今日はここまでにしておこう」

踏ん切りをつけた立松は、すでに表戸を閉めた饅頭屋に目を向けてから、汁粉屋の主に礼をいって心付けを渡した。

「明日も世話になるが、もし植田が戻ってくるようだったら、今日遅くても明日の朝早くでもかまわぬから、使いを寄こしてくれないか」

「はい、気をつけて見ておくことにいたします。それにしても、お侍さんも大変でございますね」

きれいな白髪頭の主は、腰を低くして二人をねぎらった。

二人は裏の勝手口から路地を抜けて、神楽坂下に向かった。風が強くなっており、羽織が大きくめくれ上がった。

神楽坂下についた二人は、もう一度坂上に視線を投げた。饅頭屋はひっそりしている。料理屋の提灯や軒行灯が、人気の少ない坂道にこぼれていた。坂のずっと向こうでは星がまたたいていた。

「御門は閉まっているかもしれぬな」

神楽坂に背を向けた立松は牛込御門を見てつぶやいた。夜になると牛込御門は閉じられ、市ケ谷《いちがや》御門の間にある五つの辻番《つじばん》の警戒も厳しくなる。

二人は少し遠くなるが、四谷《よつや》をまわって帰ることにした。確たる根拠はないが、ばったり植田を見つけられるかもしれないという、あわい期待があるからだった。

「もし、ここで植田が目の前に現れたら、いかがされます？」

しばらく行ったところで、滝口がそんなことを口にした。

「そうなったら一戦交えるしかない」

「……勝てるでしょうか？」

立松は横を歩く滝口を見た。

「そんな気弱になってどうする。やつは本多家の敵なのだ。非のない者が非のある者を討つのだ。心意気で負ければ、怪我をするどころではすまぬぞ」

「はは、それは重々……しかし、野村の手首を斬ったときの植田の剣捌《けんさば》きは尋常ではありませんでした」

「……うむ」

短く応じた立松は、植田大三郎の目にも止まらぬ早業を思い浮かべた。太刀筋が見えず、残心《ざんしん》も取らずにもとの構えに戻っていた。あのとき、少なからず立松は植田大三郎の剣に畏怖《いふ》した。

「……まことに恐ろしい剣だ。だが、臆していてはことは成就《じょうじゅ》できまい。殿の敵を討つためなら、たとえ刺し違えてでもやる。本多家の威信がかかっておるのだ。相手はたかが浪人ではないか」

「おっしゃるとおりで……」

「荒金さんの家に寄っていこうか」

「迷惑ではないでしょうか……」

「何、まだ夜は更《ふ》けてはおらぬ。何かわかっていることがあるかもしれぬ」

「そうですね」

二人は歩きながらもあちこちに目を配っていた。


立松と滝口の後方にひとつの黒い影があった。

植田であった。

植田は二人が神楽坂の汁粉屋を出たときから、ひそかに尾けていた。目の前の二人が自分をつけ狙っているのは、とうにわかり切っていることであるが、植田はこの二人を片づけるのはいつでもよいと考えていた。

要はあの男だ、と菊之助の顔を脳裏に思い浮かべた。丸腰でありながら、まんまと自分の攻撃をかわして逃げた者は、今までいなかった。だが、あの男は違《ぐ》った。このままでは気がすまない。あの男のことを考えれば考えるほど、自分が愚弄《ろう》されたような気がしてならない。無性に腹も立つ。

何としてでもあの男を倒したい。事由などいらない。斬りたいから斬る。斬りたいと思う男だから斬るだけだ。

植田は心の内で、そんな戯言《たわごと》めいたことをつぶやきながら、立松と滝口のあとを尾けつづけた。前を行く二人が荒金菊之助と気脈を通じていることはわかっている。尾けつづければ、いつか必ずあの男に行きつく。植田はそう信じて疑わなかった。

前を行く二人はお堀沿いの道を辿り、四谷、赤坂《あかさか》、芝口《しばぐち》という経路を取り、京橋《きようばし》から日本橋を抜けて高砂町にやってきて、歩速をゆるめた。

植田は目を光らせた。前を行くのは本多家の家臣である。当然、屋敷のある本所に帰るものと思っていた。だが、寄り道をするようだ。これは興味のあることだった。

植田は舌なめずりをして、目を光らせた。口の端にいたぶるような、奇妙な笑みさえ浮かべたほどである。

立松と滝口は浜町堀に近い長屋に足を向けた。そのとき、木戸番のそばからひとりの男が駆けてきた。植田は物陰に隠れて、その様子を窺《うかが》った。

立松と滝口に駆け寄ったのは、若い男だった。三人は短いやり取りをした。それから揃ったようにまわりを眺めた。

植田は一瞬、感づかれたかと思って、物陰にぴったりと体を寄せたが、本多家の二人の家臣はすぐに若い男から離れていった。その方角は両国のほうだから、おそらく屋敷に帰るものと思われた。その後ろ姿をしばらく見送ってから尾行を再開したが、一町も歩かず待てよと思った。

もはや本多家の家臣を尾ける必要はないはずだ。二人が本所の屋敷に戻るのはわかり切っている。それならさっきの若い男……。

植田は背後を振り返った。

四

「次郎さんや、もう寒いから帰ったほうがいいよ」

木戸番の番太・吉蔵が声をかけてきた。

次郎は表通りを見て、そうするかとうなずく。

「おれもそろそろ夜廻りに行くから……」

吉蔵は見廻りに使う拍子木《ひょうしぎ》を出して、ちびた草履《ぞうり》に足を通した。四十を少し超えた中年の吉蔵は人のいい男で、副業にしている売り物のツケを気長に待ってくれる。

次郎も魚油のツケをためているが、何も催促しない。かえって申し訳なくなり、もう少し待ってくれと頼むと、そんなことは気にしないでいい、困ったときはお互い様だと、年のわりにはしわ深い顔で微笑む。そんな調子だから長屋の連中も吉蔵を大事にしていた。

「それじゃ行ってくる」

そういって背を向けた吉蔵を見送った次郎は、ちぇっと舌打ちをしてとぼとぼと長屋の路地を歩いた。町木戸が閉まる夜四つ（午後十時）に近いので、長屋の連中の多くは床についている。明かりのついている家も少ない。

次郎は菊之助の帰りを待っていたのだった。夕方、家を訪ねると、お志津から何やら大事な用があるからと出かけたといわれた。

「刀を持って行ったから、気になっているんだけど……そうだ次郎ちゃん、菊さん遅くなるかもしれないから、晩御飯食べていかない」

お志津に勧められたが、次郎はあえて断っていた。それも心配そうなお志津の顔を見たからであり、また菊之助がどこへ行ったのかと気になったからであった。

「でも、次郎ちゃん……か」

路地を歩きながら次郎はつぶやいた。いつから「ちゃん」づけで呼ばれるようになったんだっけと考えたが、悪い気はしなかった。

ともかく菊之助のことだから、いらぬ心配はしないでいいだろうと、自分にいい聞かせて家に入った。ぶるっと体を震わせ、後ろ手で戸を閉めようとしたが、閉まらなかった。振り返って閉め直そうとしたとき、その戸に人の手がかけられているのを見てギョッとなった。暗がりであってもその手は異様に白く、そして自分を見るその顔も白かった。

「だ、誰だッ……」

全部をいい終えないうちに口を塞《ふさ》がれ、体を押された。

次郎は居間に尻餅をつく恰好で倒れた。相手の顔があわい行灯の明かりに浮かびあがった。恐ろしいほど冷たい目をしている。それに蠟のように顔が白い。男の薄い唇が小さく動いた。

「騒ぐな。大きな声を出したら命はないと思え」

低くくぐもったひび割れた声に、次郎は心底怯えた。これまでこんなに恐怖を味わったことはなかった。尻の穴がもぞもぞして、全身に悪寒が走った。

「……わかったか」

次郎は声もなくうなずいた。

「さっきおまえは、本多家の家臣と話をしていたな。何を話していた。いえ」

次郎は刀を突きつけられているのではない。襟首をつかまれて押さえつけられているだけである。それでも男の視線は刃物のように鋭く、ちょっとでも動けば身を斬られるような恐怖があった。

「う、植田って男のことです」

男の目が細められた。

「それでどんなことを話した？」

「その植田が見つからないということでした」

ふふっと、男は小さな笑いを漏らしたが、凶悪な目は笑っていない。

「話したのはそれだけか？　もっとあるだろう、いえ」

ぎゅっと、次郎の襟首が絞められた。次郎は息苦しさを覚え、顔をしかめた。

「き、菊さんがどこへ行ったかってことです」

次郎は声が震えているのを自覚した。喉がカラカラに渇いてもきた。

「菊さん……そいつぁ、誰だ？」

「お、おいらのお師匠さんだよ。こ、こんなことすると、菊さんが黙っちゃいないぞ」

次郎は恐怖のなかで、わずかばかり勇気を奮《ふる》い起こした。男は冷え冷えとした笑みを浮かべて次郎をにらみおろす。

「菊ってえのは、ひょっとすると荒金菊之助のことだな……」

次郎は怯えた目を、男からそらすことができなかった。

「あの野郎はそんなに強いのか？」

「強いさ、すげえ強い」

「ふふ、おもしろい。荒金はどこかへ行っているんだな」

「たぶん、植田を捜しに行っているはずだよ。放してくれよ。いったいあんたは誰だよ」

「……その植田だ。植田大三郎とはおれがことよ」

「う、嘘だ、ろ……」

次郎は目を瞠った。

「さて、荒金の野郎をどうしてくれよう」

「下手なことすると御番所の同心だって黙っちゃいねえぞ。菊さんの後ろには御番所もついているんだからな」

次郎は脅すつもりでいったが、植田は気にも留めない様子だった。

「……そうかい」

「頼むから放してくれよ」

「荒金の住まいはどこだ？」

次郎は躊躇《ため》った。いってはいけないような気がした。いや、決して教えてはいけないと自分にいい聞かせた。家にはお志津がいる。お志津に、もしものことがあったら自分のせいになる。

「いえ。どこだ？」

「家は知らないんだ」

「知らない、だと。おい」

次郎は顎を強くつかまれた。

蛇のように感情の読み取れない冷たい目が見下ろしてくる。小便を漏らしそうになったが、どうにか堪《こら》えた。

「荒金がおまえの師匠なら、知らないことはないはずだ。いうんだ」

次郎はどう答えるべきか、めまぐるしく考えた。いや、考えようとしただけで何も思いつかなかった。表通りから拍子木を打ちながら、町役らの「火の用心」というかけ声が聞こえてきた。大声をあげて助けを求めたかったが、それはできなかった。もし、そんなことをしたら、植田はあっさり自分を殺すだろう。

「どうした、しゃべれなくなったか。いえ」

「……も、もうじき、この長屋にやってくることになっているんだ」

「なに……？」

「木戸口の前でおいらと落ち合うことになっているんだ」

「いい加減なことをぬかしているんじゃあるまいな」

「……ほんとだよ」

次郎は泣きたくなった。他にいい考えを思いつかなかった。ただ、お志津の待つ家は教えてはいけないという頭があっただけだった。

「ま、いいだろう。それじゃ、それをたしかめることにしよう。立て」

植田に命令された次郎は半身を起こした。その瞬間だった。鳩尾《みぞおち》に強い衝撃を受けた。口から舌が飛び出しそうになり、息が詰まった一瞬後に意識が遠のいた。

五

「徒労《とろう》だったか……」

そんなことを胸の内でつぶやく菊之助は、小石川《こいしかわ》御門の対岸にある市兵衛《いちべえ》河岸で猪牙舟《ちょきぶね》を拾い、神田川を下っていた。

神楽坂に行ってみたが、饅頭屋はひっそり静まっており、また立松や滝口の姿もなかった。どこかで見張りをしているなら、自分に気づいて声をかけてくるはずだが、それもなかった。おそらく今夜は引きあげたのだと考えられた。

それでも菊之助は、半刻ほど神楽坂の饅頭屋を見張っていた。饅頭屋に動きはなく、また植田とおぼしき浪人を見ることもなかった。もう少し粘ってもよかったが、夜が更けるにつれ冷え込みが厳しくなり、寒さが応えてきた。

それに、植田はおそらく現れないだろうという予感があった。説明はつかないが、そのへんは勘であった。

船頭は滑るように舟を走らせていた。神田川の両岸は闇に包まれており、暗い水面《みなも》に映り込んだ舟提灯が、舟とともに動いてゆく。空には月と、またたく星が散らばっている。昌平黌《しょうへいこう》の杜《もり》から梟《ふくろう》の声が聞こえてきた。

舟はいったん大川に出ると、中洲の脇をすり抜けるように進み、川口橋《かわぐちばし》をくぐって浜町堀に入った。

「旦那さん、寒さが応えるようになってきましたね」

それまで黙っていた船頭が、手鼻《てばな》をかんでからいった。

組合橋《くみあい》を過ぎたあたりだった。

「これから日々、寒さは厳しくなる。まだいいほうだ」

「まったくです」

菊之助は両岸にある大名屋敷を眺めてから前方に目を移した。腹が減っていた。竈《へっつい》河岸の入口、入江《いりえ》橋のたもとに蕎麦屋が出ている。お志津と一緒になってからはとんと寄りつかなくなった屋台だ。たまには温かいのをすすって帰ろうと考えた。

「船頭、その先の橋の手前でいい」

「へえー」

船頭は器用に棹を操り舟足をゆるめながら、入江橋の近くに舟を寄せた。

「気をつけて帰れ」

「旦那さんも」

菊之助は船賃の他に酒手《さかて》を渡して舟を降りた。

橋のたもとにはいつものように屋台蕎麦が出ていた。屋台に下げられた風鈴が、ちりんちりんと忙しく鳴っていた。風が強いせいだ。客はいなかった。

菊之助は屋台に近づいていったが、途中で気が変わった。お志津が飯の支度をしていたのを思い出したのだ。それに、遅くなっても起きて待っているのはわかっている。

お志津を安心させてやるのが先だなと、独《ひと》りごちて屋台をやり過ごした。夜廻りの打つ拍子木の音が闇夜に広がっていた。菊之助は舟を降りる際につけたぶら提灯を下げて木戸口に近づいた。ここまで来ると、ほっと一安心する。

実際、安堵の吐息をつきもした。目の端で黒い何かが動いたのは、そのときだった。さっと身構えたとき、目の端をよぎった黒い影が迫っていた。菊之助はとっさに、下げていた提灯をその影に向かって投げつけた。

風をはらんだ提灯が、ぶわあっと、音を立てて燃えあがり地面に落ちた。

「何者……」

声をかけて影に目を凝《こ》らしたとき、菊之助はかっと目を瞠った。

植田大三郎だったのだ。

その白い顔が、足許で燃える提灯の炎を受け赤く染まっていた。

「……待っていたぜ」

「おまえは、どうやってここを……」

菊之助は鯉口を切って静かに横に動いた。植田もそれに合わせ、自分の間合いを保ったまま動いている。

「命はもらった」

植田が青眼に構えた。菊之助も刀を抜き、腰を落として構えた。剣先を斜め下方に向け、それからゆっくり脇構えに変えていった。雪駄を後ろに跳ね飛ばし、足袋《たび》裸足になる。対する植田は草鞋履きだった。

二人の間を風が吹き抜けてゆき、耳許の鬢《びん》のほつれが揺れた。

植田がじりじりと間合いを詰めてくる。総身《そうみ》に尋常ならざる殺気をみなぎらせている。禍々しい双眸《そうぼう》が星のように光った。刹那、地を蹴った植田の体が躍りあがった。

菊之助も地を蹴って前に飛んだ。植田の袴が砂埃といっしょに風音を立てた。鋭い斬撃が菊之助めがけ振り下ろされてくる。

前に飛んだ菊之助は胴を薙《な》ぐように刀を振っていた。

だが、双方の刀は空《くう》を切っていた。着地した植田が、すかさず振り返って、二の太刀を送り込んできた。菊之助も素速く体勢を立て直し、月光を鈍く弾く植田の刀をすりあげて横に払った。

植田の体が横に泳ぐように動いた。見逃せない隙がそこにできた。くっと唇を引き結んだ菊之助は、渾身の一撃を袈裟懸けに浴びせた。

ところが、植田は体をしならせてかわすなり、素速く撃ち返してくるではないか。菊之助は思わず後ろに下がった。さらに植田は間合いを詰めてくる。中途半端な体勢になっていた菊之助は、さらに下がった。と、そのとき足が空を踏んだ。しまった！　後ろに堀があるのを忘れていた。そう思ったときは遅かった。菊之助は上体を反らせて、空を掻くように手を動かした。

その刹那、植田の刀が菊之助の肩から胸にかけて電光石火のごとく振り抜かれた。菊之助は小さな悲鳴と同時に、堀のなかに落ちた。

頭を振って目を覚ました次郎は、そこがどこなのか、なぜ、自分がこんなところにいるのかわからなかった。しかし、薄ぼんやりと、植田の顔が脳裏に蘇った。

白蠟のように不気味な顔。冷たい光を帯びた目。削げた頬。

ぶるっと胴震いをして半身を起こした。真っ暗だ。

どこだろうと思いつつ、自分が生きていると知り、体のあちこちをさわってみた。怪我はしていない。それから弱々しい明かりを見た。腰高障子だ。

すると、ここは自分の家か……。畳を這うようにして角行灯に手を触れた。いつの間にか油が切れたようだ。それから戸口に行き、腰高障子を開いた。月と星が浮かんでいる。

目をこすって、こうしちゃおれないと思った。

植田大三郎に自分は襲われたのだ。しかも、植田は菊之助を捜しているようだった。

不吉な胸騒ぎがして心の臓が激しく脈打った。夜闇に慣れた目で十手を探して、腰に挟み込むと、そのまま菊之助の家に走った。戸障子にあわい明かりがある。

お志津が起きて待っているのか、それとも菊之助が帰ってきたのか……。ともかく声をかけた。すぐにお志津の声が返ってきて、戸が開かれた。

「どうしたの?」

いつもの細面の上品な顔がのぞいた。

「菊さんが帰ってきたかなと思いまして……」

「まだなのよ。こんなに遅くなるようなことはいっていなかったのに……」

お志津は表の闇を窺うように見て、

「いったいどこに行っているのかしら」

と、不安げにつぶやく。次郎はまた植田の顔を思いだした。次郎は不吉な予感がしてならなかった。

「それじゃ、またあとで来ます」

こわばりそうな顔を隠して、次郎は背を向けた。遅いから早く寝たほうがいいわよと、お志津の声が追いかけてきたが、振り返らなかった。

横山の旦那のところへ走るべきか……。

そう思ったが、自分が植田に話したことを思い出した。木戸口で菊之助と待ち合わせているといったのだ。すると、植田は待ち伏せをしているはずだ。

次郎は腰の十手を引き抜くと、足音を忍ばせて長屋の裏手から表に回り込んだ。

六

堀に落ちた菊之助は、全身ずぶ濡れであった。だが、すぐに岸に上がることはできなかった。あわい月光と星明かりを受けた植田が、獲物を狙う目で胸のあたりまで水に浸かっている菊之助を岸辺で待ちかまえているのだ。

菊之助は対岸に上がろうと、ゆっくり後退した。そちら側の岸には、牧野越中守《まきのえっちゅうのかみ》の屋敷が闇のなかに浮かんでいる。当然、表門は閉じられており、長塀沿いの道にも人の通りは絶えている。遠くから夜廻りの拍子木が聞こえるだけだ。

植田は菊之助が対岸に逃げようとしているのを察し、目を動かした。堀の幅はどれほどだろうか。跳び渡れないこともない。

植田は高砂橋を見やり、すぐに菊之助に視線を戻した。菊之助は水の冷たさに何度も震えた。あと少しで対岸に着く。

堀川にせり出している柳の枝が、風に大きくそよぎ、どこからともなく犬の吠え声が聞こえてきた。

じっとり濡れている柄を握り直した菊之助は、さっと身をひるがえすなり、岸に取りついた。そのとき、植田が助走をつけて宙に舞った。

菊之助は両腕に渾身の力を込めて、体を引きあげるなり、地に転げるようにして岸辺に上がった。植田が着地して、膝を折るのとほぼ同時だった。

菊之助がすくい上げるように振った刀を、植田はとっさに弾き返して、半間後ろに飛びすさった。菊之助はよろめくようにして立ちあがると、腰を深く沈めて青眼に構え直した。体が冷え切っていた。柄を握る指が感覚をなくしつつあるのか、痺れたようになっている。その指を何度か動かした。じっとり濡れた柄巻《つかま》きから滴《しずく》がたれる。

息もあがっていたが、植田もそれは同じだった。当初の勢いはない。肩も上下に動いている。だが、凶悪で冷たい目だけは炯々《けいけい》と光りつづけていた。

菊之助はじり、じりっと地をするように間合いを詰めた。じっとり濡れた足袋を通して、地面からしんしんとした冷たさが体に這い上ってくる。それなのに、体からは蒸気のような湯気が出ている。吐く息も夜目《よめ》に白い。

植田も自分の間合いを取りに来ている。最前よりかなり慎重だ。

「何故、おれを斬ろうとする」

菊之助は間合いを詰めながら聞いた。

「気に食わぬ、おまえのその目が気に食わぬ」

「ただ、それだけで……」

「死ねッ」

植田はそう吐き捨てるや、突きを送り込むと見せかけ、刀を素速く引き、一刀両断にしようとしてきた。半歩身を引いた菊之助は、体をひねりながら、刀を片手に持ちかえて、植田の刀を弾いた。

短い金属音が闇に広がった。植田は弾かれた刀をすかさず返すなり、つぎの斬撃を繰り出してきた。

それより一瞬速く、菊之助が懐に飛び込んだ。植田がとっさに三寸ほど下がる。ざっと地をする音がして、二人の刀ががっちり合わさった。鍔《つば》迫《ぜ》り合いとなって、互いに押し合う形になった。無用に下がれない。また、無用に押すこともできない。

植田の冷たい目が菊之助をにらみ据える。薄い唇が奇妙にねじれ、その隙間から乱れた息が吐かれる。

菊之助が刀を引こうとすれば、そうさせまいと植田が押してくる。ここで押し返せば、植田は大きく飛びすさりながら、刀を袈裟に振るだろう。菊之助にはつぎの動きがだんだん読めるようになっていた。

どうすべきかと逡巡《しゅんじゅん》しているときに、目の端で人影をとらえた。

次郎……。

次郎が高砂橋を駆けてくる。来るなといいたかったが、奥歯に力を込めているので声を発することができない。

「菊さん！」

次郎の声に植田の目が一瞬泳いだ。その瞬間を菊之助は逃さなかった。勢いよく離れながら、片手斬りの一刀を植田の肩に見舞った。

かわされた。だが、植田は体勢を崩し、片膝を地面につき、ついで片手をも地面についた。勢いよく駆けてくる次郎が、その植田めがけて飛びかかった。

「舐めんじゃねえぞー！」

次郎のいつもの口癖が発せられ、右手の十手が素速く打ち下ろされた。植田はかわそうと体を動かしたが、次郎の一撃は意外に鋭く、そして速かった。

ごつっ、と鈍い音がした。直後、植田の目が黒白と反転し、何とそのままひっくり返るように倒れたではないか。

菊之助は身構えたまま、啞然《あぜん》となって目を瞠《みは》った。次郎は肩を喘がせ、倒れた植田を見下ろしていた。風が吹き、菊之助の濡れた髪から滴が落ちた。

「次郎……」

呼ばれた次郎がゆっくり振り返って菊之助を見た。

「縄は……？」

次郎は首を振った。菊之助は急いで下げ緒をほどくと、植田の手からこぼれている刀を遠くに蹴り、さらに脇差を奪い取り、両腕を後ろにまわさせ、手際《てぎわ》よく下げ緒できつく縛った。それから植田の背中に膝をあて、気を入れてやった。

「うっ……」

気を失っていた植田がゆっくり目を覚ました。

「観念しな」

いってやったが、植田は自分がどうなったのか、すぐにはわからないようだった。

「次郎、何ぼさっとしている。番屋にこいつをしょっ引くんだ」

「は、はい」

七

表で雀たちがさえずっている。

縕袍《どてら》を羽織った菊之助は、さっきから何度もくしゃみをして、洟《はな》をかんでいた。次郎が壁に背なかを預け、舟を漕いでいた。

高砂町の自身番である。

「茶をくれないか」

菊之助は書役に茶を所望した。

「風邪を引いたんじゃございませんか……はい、どうぞ」

書役が茶を差し出した。

「なに、たいしたことは……へ、へっ、へっくしょん！」

髷《まげ》に霜を置いた書役が苦笑いをすれば、大きなくしゃみに驚いた次郎が、びくっと体を動かして目を覚ました。

菊之助は湯気を吹いて茶を飲んだ。湯呑みには茶柱が立っていた。

昨夜、菊之助は取り押さえた植田をこの自身番につなぎ留め、一度家に帰って着替えをして戻ってきていた。植田は隣の板の間につながれている。板の間の壁には鉄の輪があり、それに縛《いまし》めた植田の捕り縄の一端が縛られ、逃げられないようになっている。

菊之助は朝日を受ける腰高障子を見た。

「遅いな」

店番を秀蔵の屋敷に、同じくもうひとりの店番を本所の本多家に走らせていた。もちろん、植田を捕らえたことの報告である。そろそろ秀蔵がやってきてもいいころだった。

「菊さん、やつは……」

次郎が声をかけて、板襖の閉じられた板の間に目をやった。そういえば、植田は静かである。菊之助は気になって、板襖をそっと開けてのぞいた。

後ろ手に縛られたままあぐらをかいて座っている植田が、不遜《ふそん》な目でにらんできた。相変わらずその目は冷酷である。菊之助は何もいわず、一瞥《いちべつ》しただけで板襖を閉めた。

それからしばらくして、自身番の戸が勢いよく開かれた。

冷たい風とともに秀蔵が姿を現した。

「菊之助、まことに捕らえたのか」

秀蔵が青々とした髭剃り跡のある顔を向けてきた。

「冗談で使いを出すわけがなかろう。は、はっくしょ」

秀蔵は減らず口をたたいた菊之助をにらんだだけで、ずかずかと上がり込み、奥の板襖をさっと開いた。植田は目をつむっていた。

その前に秀蔵がしゃがみ込んで顎をつかんだ。

とたん、植田が秀蔵につばを吐きかけた。秀蔵の色白の顔が紅潮した。

「……ずいぶんなご挨拶じゃねえか」

手のひらで頬についたつばを静かに払った秀蔵は、いきなり植田に平手打ちを食らわせた。ぴしっと、鋭く頬を叩く音がして、つうっと、植田の鼻から一筋の血が流れた。

「何で菊之助を狙いやがった」

植田は反抗的な目で秀蔵をにらむだけだった。

「それはおれも再三聞いたが、ただ気に食わないの一点張りだ。そいつにとって、おれはどうしようもなく虫の好かない男なのだろう」

菊之助が代わりに答えると、次郎が言葉を添え足した。

「頭がいかれてんですよ」

「そうとしか思えねえな。それでこやつをどうやって……」

この問いに、菊之助は順を追って説明してやった。

話を聞き終えた秀蔵は、感心したような驚いたような顔で、次郎をまじまじと眺めた。

「おめえが、こやつを……」

「へえ」

次郎は恥ずかしそうに首をすくめる。

「菊之助がたじたじとなったこの外道《げどう》を、おめえが……」

「まあ、でも、それは菊さん……」

「いやたいしたもんだ。天晴《あっぱ》れだぞ、次郎」

次郎を遮った秀蔵は、膝をたたいて破顔《はがん》した。

「見直すとはこのことだ。いや、次郎、よくぞしてやった。おめえにはたっぷり褒美《ほうび》を遣わす。ともかく天晴れだ。いや天晴れだ」

言葉を強めて褒められる次郎は、しきりに照れまくりつつも、自慢そうな笑みを隠すことができなかった。

「御免《ごめん》」

戸口で声がして立松左五郎と滝口順之助、さらに手首を斬り落とされた野村安太郎が現れた。

「植田を捕らえたと聞きましたが……」

そういう立松に、秀蔵が奥の板の間に顎を振った。立松らは、はっとなって捕縛されている植田を声もなくしばらく眺めていた。

「やっと、やっと殿の恨みを晴らせるときが来たか……」

立松が喉の奥からしぼり出すような声を漏らし、鯉口を切った。

「待たれよ」

秀蔵が手をあげて制した。

その顔がきりりと引き締まり、口調も変わった。

「早まってはなりませぬぞ。ここは刃傷沙汰を起こすような場所ではござらぬ。貴殿らの心情は痛いほどわかるが、もはや植田大三郎は町奉行所の手に落ちた。貴殿らに渡すわけにはまいらぬ」

「な、なんと」

立松らは身を乗り出すように半歩足を進め、顔を険しくした。

「それでも敵を討ちたいと申されるなら、これより近くの広場に植田を連れ出して、貴殿らと勝負をさせてもよい。……だが、それで命を落とすことになったらいかがされる」

「そのようなことは……」

秀蔵はいいやと、首を振って立松を遮った。

「武士の一分《いちぶん》、本多家の沽券《こけん》がわからぬわけではない。だが、本多家の大事な家臣がまたもや不埒《ふらち》な外道の手によって落ちるようなことになったら、亡き殿のお嘆きはいかばかりでござろうか」

立松らは黙り込んだ。

「植田は本多家に成り代わって公儀《おかみ》が成敗《せいばい》する。……わきまえてよいのではござらぬか。大事な刀をわざわざ不浄の血で汚すこともなかろう。そうは思いませぬか」

秀蔵は最後に、にっこり微笑んでも見せた。

そばにいた菊之助は、心の内で「天晴れだ、秀蔵」とつぶやいていた。

立松は仲間の顔を見て、呻吟《しんぎん》するようなうめきを漏らした。

「本多家の恨みを町奉行所が晴らしてくださると申されるのなら、致し方ないでしょう」

立松は折れた。

「御奉行お裁きの場には貴殿らもご出座を願うことになります。そのときに、と

くと申し述べられれば、きっと思いは遂げられるはずです」

「……承知仕《つかまつ》りました。それでは御番所におまかせすることにいたします」

立松は滝口と野村を振り返って、それでよいなと同意を求めた。滝口と野村は、

納得したようにうなずいた。

ほどなくして植田は三四《さんし》の番屋――本材木町《ほんざいもくちょう》にある大番屋――に連れていか

れた。これから本格的な調べがはじまるのである。

秀蔵に連れてゆかれる植田を見送った菊之助は、また大きなくしゃみをした。

「菊さん、今日は早く帰って休んだほうがいいんじゃないですか」

次郎がやさしいことをいう。

「ああ、そうするよ」

応じた菊之助は、今度は生あくびをした。

＊

植田大三郎は、それから十日後に斬首《ざんしゅ》された。

また、その同じ日に、井筒屋の手代・嘉吉の女房・おきんの刑も申し渡された。

こちらは死罪を免《まぬか》れて、大島《おおしま》への遠島《えんとう》刑であった。

その翌朝はいつになく冷え込みが厳しく、地面には霜柱が立っていた。

そんな寒さにもかかわらず、源助店の奥の広場で、二人の男が諸肌脱ぎの体から湯気を立ち昇らせながら稽古に励んでいた。

もちろん、菊之助と次郎である。

日の出までまだ間があり、町を包む霧が風にゆっくり払われていた。

えいッ、えいッと、気合いの入った声が凛《りん》とした大気のなかに響いている。

「よし。八相の構え」

素振り二百回を終えたところで、菊之助が次郎に指図した。

いわれた次郎は菊之助の前に回り込み、静かに木刀をあげて構える。

「撃ち込めッ」

「やー！」

次郎が木刀をうならせて撃ち込んでくる。菊之助はそれを左右にかわしながら、もう一回、もう一回とあおる。腰が入っていない、踏み込みが足りない、脇が甘いなどと、菊之助はその都度、次郎の欠点を指摘していった。

稽古を終えるころには、夜明けの明るさになっていた。たっぷり汗をかいた二人は、井戸端で顔を洗い、汗をぬぐった。長屋の戸が、ようやくひとつ二つと開けられ、納豆売りと豆腐売りの声が近づいてきた。

「秀蔵から褒美はもらったか？」

「はい。昨日頂戴《ちょうだい》しました。それにしても、また褒められちまって……」

次郎は嬉しそうに顔をほころばせる。

「やつが人を褒めるのは滅多にないことだ。よほどおまえに感心したんだろう」

「でも、あれは菊さんがやつを散々疲れさせてたからできたことですよ。まあ、無我夢中でしたが……」

「いや、やはり日ごろの鍛錬の賜《たまもの》だ。あの十手の撃ち込みはなかなかのものだった。見ていたおれも、そのじつ驚いたぐらいだ」

「ほんとですか……」

次郎は信じられないというように目を丸くした。

「おだてているんじゃないぞ」

そういってやると、次郎は白い歯を見せ笑顔を弾けさせた。ところが、その次郎の顔がにわかに真顔に戻った。

「菊さん……」

次郎の視線の先を見ると、庄吉の姿があった。木戸口から長屋の路地に入ってきながら、菊之助と次郎に気づき、頭を下げた。

「こんな早くにどうした」

菊之助が声をかけると、庄吉がそばにやってきた。

「へえ、おはようございます。じつは今日から奉公に行くことになりまして、それで親に一言挨拶をしに来たんです」

「へえ、そりゃ感心だ。それでどこの店だ？」

「大伝馬町《おおてんまちょう》の海老須屋《えびすや》という仕立物屋でございます。小さな店ですが、越後屋《えちごや》さんからの下請け仕事を扱っておりまして、そこそこ忙しいようです」

「ほう、越後屋から仕事が回ってくる店なら間違いはないだろう」

「うちの年寄りもひとまずほっとしたと、安心しております」

「年寄りはないよ、庄吉さん。実の親なんだからさ……」

次郎が諭すようにいうと、庄吉は苦笑いをして頭をかいた。

「こりゃまた次郎さんに叱られちまった。ともかく一から出直しです。いずれ父親がやっていたような店を開きたいと思っております」

「その気持ちを忘れないことだな」

菊之助が応じたとき、庄吉の肩越しに庄七が家から出てきたのが見えた。

「庄吉、おとっつぁんだぜ。ほら……」

教えてやると庄吉は、へえと、照れたような笑みを浮かべた。その顔にさあっと朝日があたって照り映えた。

「いい顔をしているぜ、庄吉。頑張りなよ」

「へい、ありがとうございます。それじゃ」

深くお辞儀をした庄吉は、父親のところへ小走りで駆けていった。

「よかったですね」

次郎が嬉しそうな顔でいった。

「庄七さんの病もこれで治るかもしれぬな」

「きっと治りますよ」

次郎が力強くいったとき、お志津が下駄音をさせてやってきた。

「菊さん、ご飯ですよ。次郎ちゃんもよかったらおいでなさい」

「はい、遠慮なく！」

元気に答えた次郎に、菊之助とお志津は楽しそうに笑った。

裏店がようやく朝の光に満ちたときだった。

二〇〇七年十二月　光文社文庫刊

光文社文庫

長編時代小説
迷《まよ》い鳥《どり》　研《と》ぎ師《し》人情《にんじょう》始末《しまつ》㈥　決定版
著者　稲《いな》葉《ば》　稔《みのる》

2020年8月20日　初版1刷発行

発行者　鈴木広和
印刷　堀内印刷
製本　フォーネット社

発行所　株式会社　光文社
〒112-8011　東京都文京区音羽1-16-6
電話（03）5395-8149　編集部
8116　書籍販売部
8125　業務部

© Minoru Inaba 2020
落丁本·乱丁本は業務部にご連絡くだされば、お取替えいたします。
ISBN978-4-334-79074-5　Printed in Japan

R <日本複製権センター委託出版物>
本書の無断複写複製（コピー）は著作権法上での例外を除き禁じられています。本書をコピーされる場合は、そのつど事前に、日本複製権センター（☎03-6809-1281、e-mail : jrrc_info@jrrc.or.jp）の許諾を得てください。

組版　萩原印刷

本書の電子化は私的使用に限り、著作権法上認められています。ただし代行業者等の第三者による電子データ化及び電子書籍化は、いかなる場合も認められておりません。

稲葉 稔

「研ぎ師人情始末」決定版

人に甘く、悪に厳しい人情研ぎ師・荒金菊之助は
今日も人助けに大忙し――人気作家の〝原点〟シリーズ!

(一) 裏《うら》店《だな》とんぼ★
(二) 糸切れ凧《だこ》★
(三) うろこ雲★
(四) うらぶれ侍★
(五) 兄妹《きょうだい》氷《ひ》雨《さめ》★
(六) 迷い鳥★
(七) おしどり夫婦
(八) 恋わずらい
(九) 江戸橋慕情
(十) 親子の絆
(十一) 濡れぎぬ
(十二) こおろぎ橋
(十三) 父の形見
(十四) 縁むすび
(十五) 故《さ》郷《と》がえり

★は既刊

光文社文庫

稲葉稔
「隠密船頭」シリーズ

全作品文庫書下ろし●大好評発売中

隠密として南町奉行所に戻った
伝次郎の剣が悪を叩き斬る!
大人気シリーズが、スケールアップして新たに開幕!!

(一)隠密船頭
(二)七人の刺客
(三)謹慎
(四)激闘
(五)一撃

光文社文庫